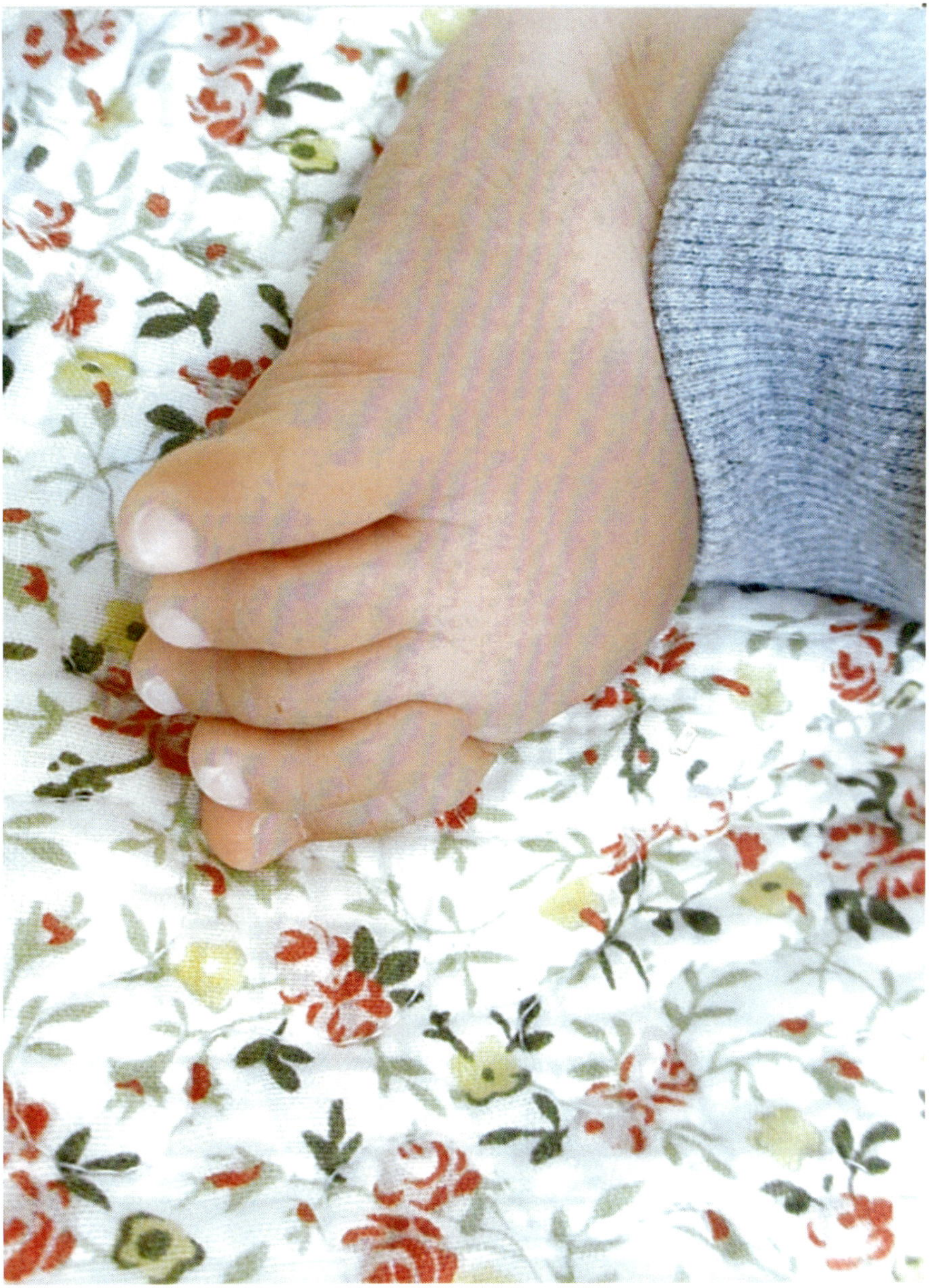

短編小説集
ウェディングドレス

篠塚 昭博

置き手紙

コッペパン

ゆき

真意

学校

交換

有希子

雪子

湯沢

能登

三恵社

索引

ウェディングドレス

昭和三十九年春、東京近郊の小さな町、雪子は会社帰りの通り道にある洋品店を覗いては、照明に当てられきれいに飾られているウェディングドレスをよく見詰めたりしていた。二週間に一度の間合いで違う色やデザインのドレスに変わるので、雪子にとって仕事帰りの一つの楽しみでもあった。

年齢は二十二歳、髪はポニーテールに結び、どこかあどけなさを残した色白の娘である。女優の二木てるみにどこか似ている。性格も明るく愛らしい。しかし、一面では後ろめたい気持ちも持っていた。

それは、過去に遭遇した忌まわしい事故である。小学三年の時のことであった。友だちと連れだって登校していた際、突然脇見運転の車が児童の列に突っ込んで来たのだ。その際に他の子ども達と一緒に雪子は跳ね飛ばされ、右足の膝から下をなくすという大怪我を負ったのである。

それ以来、松葉杖と義足の生活を余儀なくされてきた。友達とかけっこさえもできないのである。中学・高校と一番輝く青春時代もみんなと同じようなことをやろうにもやれなくて、辛い思いをしてきた。そんな雪子の中では、これまでやれなかった人並みのことを普通にやってみたいというのが細やかな願いとなっていた。

そして年頃となった今、また悩みが増えていた。それは身障者ゆえ恋愛には億劫になっていることであった。これまでも男性《ひと》に振り返ってもらったり、声を掛けられたこともない。雪子はこのまま男性《ひと》を愛し、また愛されることも知らずに死んでしまうのかと不安な気持ちのまま生きてきた。

一方で、雪子は持ち前の明るさで他人《ひと》に落ち込んだ表情を見せたことはなかった。常に周りに笑顔を振りまくような娘であった。これも言ってみれば心の寂しさの裏返しであるがゆえのことかもしれない。中学・高校では普通の生徒に混じって、学業も優秀な成績で卒業するような頑張り屋さんであった。

そんな努力もあってか、就職の際は学校側が家の近くで今の職場である運送会社を世話してくれた。入社して四年、算盤にタイプライター、顧客案内、電話応対と何でもこなし、今では他の女性社員に負けないような立派な中堅社員として働いている。そんな彼女であるので会社の同僚はもちろん各取引先の担当者達からも〝雪ちゃん〟の愛称で可愛がられていた。

ある日、社長夫人でもある専務からいつものように声が掛かった。

「雪ちゃん、三田さんがお見えだよ。応接室へお通しして」

三田はこの会社の大得意先である三田織物㈱の社員であり、同社の御曹子でもあった。三田の会社はブラウス・スカート・ジャケット・ネクタイ等を製作する中小企業ではあるが、ここいらではちょっと名の通った会社である。取引も長いせいで従業員達ともすっかり顔馴染みとなっていた。三田はハンサムで背も高く運動部の出身らしく爽やかさを漂わせていた。左胸には青地に「三田織物㈱」とオレンジ色の刺しゅうがあるジャンパーを着ていた。雪子にはそれが格好良く眩しく見えていた。

三田はスーパーを始めとする小売店へ製品を搬送するための打ち合わせでよく訪れていた。電話で済むような時でさえわざわざ来ていた。雪子は杖を巧みに操りながら三田を応接室へと招き入れた。すると突然、

「ありがとう、雪ちゃん、頑張り屋さんだね」

と三田が声を掛けてきた。三田から声が掛かるなんて滅多にないことで、雪子にとってそれは天にも昇るような気持ちであった。

雪子の会社には職業柄男性社員が多いが、若手を含めて全てが既婚者であった。人数も男性はドライバーと営業担当含めても十五名、女性に至っては専務を含めても四名のこぢんまりとした会社であった。

そんな中での二十八歳バリバリの三田は、雪子にとって憧れの独身男性であった。仕事もでき、大人を感じさせる格好良さがあり、若い女性にとってはむしろちょっと近寄り難い雰囲気があった。そのせいもあるだろうが雪子も三田とは仕事上でのやり取りはあるが、それ以上積極的に言葉を交わしたことはなかった。やはり、恋に億劫になっているからであろうか。一方、三田にとって

も年の離れた雪子は妹みたいなもので、単なる取引先の一女性従業員という存在でしかなかったろう。
　雪子は先輩女性従業員達からも可愛がられていた。それは身体が不自由ということからではなく、裏表のない明るく素直な性格が男女区別なく好まれていた。雪子自身この仕事に張り合いを持っていて、一番の若手ではあったが先輩に負けじと頑張っていた。何と言っても、身体のことで特別扱いされるのを嫌った。

　この年の十二月、東京オリンピックも盛況のうちに終わっていたが、そのまま景気いい流れを受けて、世の中大きく様変わりしようとしていた。年の瀬も迫った中旬、取引先の担当者を招いて恒例の忘年会が開催されることとなった。雪子も今年こそはもしかしたら三田と言葉が交わせるかもしれないと心弾ませていた。

　そして、当日は総勢約五十名の大宴会が催された。着席も客と従業員が親交を図れるようにとできるだけ交互に配置された。会場は座敷でもあり、不自由な雪子はいつものように専務と二人一番の下座であった。三田の席は雪子とは大分離れた所にあり、今回も話ができそうにないことに寂しい思いをしていた。

宴も進み盛り上がった頃、隣席の専務が大きな身体を左右に揺すりながら急に立ち上がり、そして叫んだ。

「三田さ〜ん、ちょっとこちらへいらして頂けませんか」

その言葉に雪子は思わずドキッとした。そばに置いていた膝掛けをすばやく引き摺り寄せ、足元を被った。三田も何事かと驚いた様子で専務の方を振り返り、徳利片手にそばまでやってきた。そして、

「本年もお世話になりました。来年も宜しくお願い致します」

と挨拶した。専務も挨拶を返した後、満面の笑みで三田の酒を受けた。専務はそれを飲み干すと、今度は雪子の方を見て言った。

「この子がね、いつもお世話になっている三田さんに是非お酌したいと言うものだから、失礼ながらお呼びしたの」

突然のこの発言に雪子はまたまた驚いた。そして口籠もった感じで、「えっ、

え～」と返事した。酒は飲んでないのに顔は赤らんでいた。そこで三田は、

「ヨシッ！」

と言って雪子の前にあった盃を取り上げ、お酌しやすいように雪子の前へ差し出した。雪子はぎこちない手付きで酒を注いだ。そして、徳利を両手に抱えたままの姿で、

「いつもありがとうございます。来年も宜しくお願いします」

と、これまた通り一遍の挨拶をした。三田もすかさず、

「こちらの方こそ、また宜しくね」

と言い終えるとすぐにその場を立ち去った。雪子は緊張のあまりに次の句が継げないでいたのだ。折角のチャンスを逃してしまった。しかし、仕事の時とは違う三田の顔を間近に見られて上気していた。隣の専務はじれったい顔つきで雪子を見ていた。専務は雪子が三田に対して恋心を抱いていることをうすうす感じていたので小芝居を打ったのであった。


翌日にはまた普段通りの生活に戻り、忙しい年末業務の最後の追い込みへと

突入していった。雪子もなり振り構わず杖を操り仕事に励んでいた。

「雪ちゃん、お客様を応接室にご案内して下さい」

「雪ちゃん、この業務予定表のタイプ、今日中にお願いね」

「雪ちゃ～ん、伝票整理、急ぐから手伝ってくれない」

と大忙しである。しかし、雪子は決して愚痴をこぼすようなことはしなかった。また、三田のことを一日たりとも忘れることもなかった。


それから三ヶ月が経ち、厳しい寒さのピークも過ぎ温かさが戻ってきた。今度は年度末の慌ただしさを迎えていた。そこへ突然思いもよらず三田から電話が入った。営業担当でない雪子にこれまでも顧客から直接電話が入ることはなかった。不審に思いながら電話口に出た。

「あっ、雪ちゃん？忙しいところごめんね。急な話で申し訳ないけど来週の日曜あたりお昼ごはんでもどうかなと思って電話したんだ」

と言ってきた。デートの誘いである。雪子も突然で初めてのことに嬉しさより先に何と応えてよいのか分からずにいた。そして、

「あの～、今は忙しくてちょっと手が離せませんので、折り返し電話します」と言って電話を切った。それから一時間ほどして、少し気持ちが落ち着いたところで、私に何の話があるんだろうと思いながらも受話器を取り、緊張した面持ちで三田に電話した。

「もしもし、○○運輸の吉岡と申します。いつもお世話になって居ります。お忙しいところ恐縮ですが、営業の三田さんをお願いします」

と事務を装って告げた。しかし、三田の方も忙しいらしく外出中であることを告げられた。その瞬間、雪子は三田に嫌われたと思った。つっけんどんな言葉で電話を切ったことを後悔した。折角の誘いをあんな返事しかできなかった自分を責めていた。そして、再度電話することがためらわれていた。

この日から雪子はもんもんとした日を過ごした。数日経って、もう来ないと思っていた三田からの二回目の電話が入った。

「雪ちゃん、先日はごめん、外出していたもので。君から電話あったことは聞いたよ。忙しい時に電話して申し訳ない」

と言ってくれた。さらに、

「僕の方も年度末で忙しくなって、なかなか電話できずにいたんだ。で、今度の日曜日、都合はどうかな？」

優しい口調であった。雪子は三田の言葉に救われた感じになった。断る理由は何もない。ちょっと間をおいて、勇気を出して受ける旨を伝えた。

「そうか、良かった。細かい日時・場所はまた連絡するよ」

と言って三田は電話を切った。雪子は胸の鼓動が止まらない。どうしよう本当にこんな私で良いのかしら、と自問自答を繰り返すばかりであった。

それからの幾日間かは雪子は仕事が手に付かなかった。考えてはいけないと思っても頭の中では三田の言葉が反復している。職場でも、「最近雪ちゃんなんか変よ」とたしなめられたこともあった。また服装のことでも悩んでいた。何を着て行こうかと。松葉杖での生活が長く、今流行《はやり》の服装には無頓着になっていた。さらに言うと、こんな身体ではお洒落しようにもやりようがないと、これまでもあきらめていたのであった。

いよいよデートの日となった。その日は三月の終わり頃にしては温かく、五月を思わせるような快晴であった。雪子は普段の自分を観てもらおうと、取り敢えずはロングスカートに目一杯の身だしなみで出かけることにした。待ち合わせの場所となった公園は街の中心部にあり、バスを利用するしかなかった。身体が不自由なので時間に遅れてはいけないと思い雪子は大分早めに出かけて、公園の正面入口で三田を待った。やがて、

「やぁ〜、待たせたね」

と言いながら三田が現れた。雪子は

「ううん、私も今来たとこなの」

とうそぶいた。三田は白のポロシャツに濃い目の茶色のジャケットを羽織り、グレーのチェック柄のズボン、茶色の革靴を履き、日頃の業務服とは違い爽やかな感じであった。

「あれっ、今日はスカート、珍しいね！それにそんな薄着で寒くない？」

と三田が尋《き》いてきた。

「今日は温かいから大丈夫。それにカーディガンも持って来たし」

お互い堅さの取れない会話を交わしながら公園の中へと入って行った。三田が馴染みにしているという店は公園の正面入口とは反対側にあった。そこは水色に彩られたイタリア料理店で、いかにも地中海を彷彿させるような佇まいで店内にはイタリア民謡が流れていた。雪子は驚いた様子で、

「こんな素敵なお店、初めてだわぁ～」

とちょっと興奮状態となっていた。席に着いてからも慣れない雰囲気に落ち着かなかった。料理が出されて、二人は取り留めのない話を始めた。

暫く経ったところで、三田は出し抜けに自分の生い立ちを語り始めた。色々と話す中で、三田が小学六年の時、母親を過労で亡くしていたことを知った。母親は女性従業員を少しでも早く上がらせるため、父親と夜遅くまで働いたこともあったという。そんなこともあってか、父親は亡くなった母親を大切に思い再婚もせず、必死になって三田と弟・妹の三人を育て上げたのだ。また、こんなに自分達のために頑張ってる父親をそばで見てきた三田は、これ以上父親に迷惑は掛けられないと反対を押し切って大学進学を断念した。高校を卒業す

ると同時に家業の会社に入って働き始めたのであった。そして弟・妹が成人するまではと夢中に働いたという。この時の頑張りがあって会社は軌道に乗ってきた。三田にとってこのがむしゃらに頑張ったことが誇りとなっていた。

こんな話を聞いて雪子は片足をなくしたとはいえ、やろうと思えば一人で何でもできる環境にあり、さらに家族もみんな健在で、身体の所為《せい》にしてこれまで周りの人達に甘えてきた自分が恥ずかしく思えてきた。世の中に頑張っている人は外にもたくさんいることを改めて思い知らされた。そして、

「三田さんって、すごいわ～。若い時から頑張って来られたのですね。私も三田さんに負けないよう見習わなくちゃ」

と言って、自分を奮い立たせていた。同時に三田に対する思いがさらに強くなったことを感じた。さらに雪子は三田が同じく小学生の時、大きな不幸に遭っていたことに親近感を憶えた。

時間も大分過ぎたので雪子は礼を言って別れた。別れて間もなくふと思った。三田は何故《なぜ》不意に自分の生い立ち等を話し始めたのだろう。もっと他にも旅行、

映画、高校時代の思い出などデートに相応しく愉しい話はたくさんあったはずなのにと。若い二人の最初のデートにしては似つかない神妙な話で終わったことが気になった。

翌日の月曜日、雪子はいつもと変わらぬ様子で働いていた。そこへ訪れた三田は、

「ヨオ、雪ちゃん元気？」

と言ってきた。雪子は昨日《きのう》会ったばかりで、しかも急に馴れ馴れしい声掛けに戸惑いながらも、

「ええ、何とかやってます」

とつい同じ口調で返事した。雪子としてはデートはしたものの身障者の自分を三田がどう思っているのかが気になり出していた。単なる友達なのか、あるいはそれ以上の付き合いを求めているのかを。この時から、三田を見掛けるたびに、以前にも増してその一挙一動を目で追いかけるようになっていた。

そして、季節もすっかり春めいて、桜も満開を過ぎ葉桜になろうとしていた。

そこへ三田からの二回目の食事の誘いがあった。前回のデートの日から三週間位経った頃であろうか。同じレストランであったが、今回は夕食への誘いであった。雪子はこのデートで三田が自分のことをどう思っているのかをハッキリと確認しなくてはと考えていた。服装についても、前回同様派手な格好は馴染まないので、春でもあるしスポーティにズボン姿で出掛けることにした。

数日後のデート日、二人は約束通りの時刻に店で落ち合った。三田は食事のオーダーを終えた後、一呼吸おいてから

「雪ちゃんは化粧、お洒落にはあまり気を遣わないんだね」

と言ってきた。前回と違いいきなり言い憎いことをずばりと言ってきた。雪子としてはお洒落しようにもできないでしょうと声を上げて言いたかったけれど、

「どうお洒落して良いのか分からなかったの」

と遠回しに応えた。すると今度は三田が出し抜けに

「雪ちゃんのそんな飾らないところが僕は好きなんだ」

と言ってきた。雪子は
「エッ、いきなり何ですか！」

と恥じらいながらも三田に言葉を返した。そして、私の気持ちもちっとも分かっていないくせに何てこと言い出すのだろうと思った。

その後《あと》、三田は一字一句を確かめるようにゆっくりとした口調で話し始めた。

「実は…、実は雪ちゃん、あなたのことを近いうちに親父に紹介しようと思っているんだ」

「もちろん僕のお嫁さん候補としてだ」

いきなりのプロポーズであった。雪子は思わず口に含んでいた食べ物を噴き出しそうになった。そして、確認しようと思っていたことがこの一言で消え去ってしまった。

続けて最初のデート以来、この件で父親とずっと話し込んでいたことも白状した。雪子も自分が知らない所でこんな話が進んでいたなんて思いもよらず、

「ちょっと待って下さい。私、急にそんなことを言われても困ります」

と話を中断させようとした。しかし、三田も負けずに
「急な話で雪ちゃんの困惑する気持ちも分かる」

「言い訳は後で聞くから、取り敢えずは僕の話を聞いてくれ」

と強引に話を続けた。

話の内容としては、突然の婚約話に三田の父親もかなり動揺した様子であったという。何日か口論した末、父親の真意が分かってきたと言った。その言い分はこうであったと三田は詳しく説明し始めた。

「親父も俺の結婚については深くは考えていなかったようだ。その時が来たら話し合って決めればいいこと位にしか思ってなかったらしい」

「で今回、雪ちゃんとの婚約話を切り出したら、絶対に駄目だと頭ごなしに言って来たんだ。理由《わけ》は二つ。一つは雪ちゃんが身障者であること、もう一つは大卒でないことだった」

「俺もゆくゆくは会社を背負って立つ身であるから、それなりのしっかりした女性《ひと》を迎えるべきだということらしい」

確かにこの言い分は三田としても経営者であり且つ父親でもあるからこその

意見であることに理解はできたという。

しかし、三田にも言い分があった。父親の意見に反旗を翻し、声を荒げて逆に説教していたのだ。

―結婚は理屈じゃないんだ。大卒がなんだ。世の中にはそうでなくてもしっかりした女性《ひと》はたくさんいる―

さらに
―雪ちゃんは好んで足をなくしたんじゃないんだ。むしろなくしたことで、世間の冷たい視線を浴び肩身の狭い思いをしてきたんだ―

―しかし、人を恨むようなこともせず頑張っている女性《ひと》だ―

―父さんも母さんが亡くなってから一人で頑張って、この会社を支えてきたんだろう。だったら同じ苦労人の気持ちは分かるはずじゃないか―

とも付け加えていた。父親もそれとこれとは筋が違うと言いながらも痛い所を突かれたらしく、次の言葉が継げなくなっていたという。それにしても雪子は、三田がこれほどまでに自分のことを思ってくれていたことに驚かされた。そして、口論もふん詰まりの状態となったのでこれから先の話として取り敢えず父親に私を会わせてみようとなったようである。そこでもう一度お互いに納得いくまで話し合うことにしたという。

雪子にとって大切に思われていることは嬉しくはあったが、三田のあまりにも一方的な言い分にまたしても困惑してしまった。それを察してか、三田は雪子に寄り添うようにして優しく声を掛けた。

「雪ちゃん、今日は驚かせてごめん」

「雪ちゃんの心の整理がついたら今言ったようなことをご家族に話して欲しいんだ」

「あまりの突然のことで家族の方も反対されると思うんだけど」

さらに続けて

「もし、ご家族の納得が得られないようであれば僕が説得に行くよ」

とまたしても一方的に言ってきた。雪子は自分の気持ちの整理さえ何時《いつ》つくのか分からないような状態であるのに家族に対してとても切り出しようがないと思った。そして強引な三田に対し、

「三田さんのお気持ち大変嬉しく思います」

「しかし、とっても大事なことなので自分でもすぐに答えを出すのは無理です」

「家族のこともありますので、暫く考えさせて下さい」

と動揺する気持ちを伝えた。三田も雪子が戸惑っている様子を見て、

「分かった、ゆっくり考えるように」

と言ってきた。そして、今回も雪子が考えるような楽しいデートとはならず逆に重たい宿題を背負わされた感じで終わった。

店の外へ出ると目の前の公園の木立は既に月明かりに照らされていた。そして、バス停までの二人並んで歩く帰り道、

「今日はご馳走様でした」

と言いかけた雪子を三田は急に抱き寄せ、口を塞ぐように優しく唇を重ねた。雪子の手から杖が落ちて〝カタッ〟と鳴った。

この日の出来事以来、雪子の頭の中は混乱を来《きた》していた。誰を見ても三田に

見えてくるし、考えてはいけないと思いながらも公園でのことが何度も思い浮かぶ日が続いた。数日経ってやっと冷静さを取り戻した。そして三田からの伝言を思い返していた。

雪子はこのますんなりと三田のプロポーズを受け入れていいものかどうか悩んでいた。確かに三田は素敵な男性《ひと》ではあるが、何と言っても付き合いは浅く、詳《よ》くは知らない男性《ひと》であった。喜びと不安が交錯していた。そこで、一人でいつまでも悩み続けても解決策は見つかりそうもないと思った雪子はいっそ思い切って全てを直接家族に打ち明けて、どんな反応があるにせよ、みんなの意見を聞いてみることにした。

五月に入ったある夜、雪子は重大な話があるということで家族全員に集まってもらった。家族は畑仕事をやっている両親と近くで別居している兄夫婦、それに雪子の全部で五人である。みんなの顔を前にして雪子は何故かホッとした気持ちにさせられた。これが家族というもんだなあと改めて思い知らされた。

まず最初に父親がかすれた低い声で

「話って何だ？」

と切り出した。雪子はみんなの顔を再度見渡して、緊張した面持ちで喋り出した。

「あの～、驚かないでよ」

「私…、会社のお客さんで三田さんって方にプロポーズされたの」

みんなが一斉に
「え～っ！」

と大きな声を上げて場がざわついた。

「ねぇ～、ちょっと聞いて」

と雪子は声を大きくして叫んだ。そしてさらに続けた。

「年齢《とし》は二十九歳だから私よりも六つ年上で兄さんより一つ下ね。住まいは近所で隣町なの」

みんなは、まさか？嘘だろう？と言った表情でジッと雪子の顔を覗き込んだ。

今度は母親が
「それって、何時の話だい？」

と言ってきた。雪子は
「二週間位前よ。私もどうしたらいいのか分からずズーッと悩んでいたの」

と明るく応えた。今まで一人で悩んでいたことが嘘みたいに気持ちは軽くなっていた。そこに兄が反対する素振りもなく
「へえ〜、雪子が結婚ね」

と馬鹿にしたような口振りで言ってきた。

「何よ、兄さん、私だって少しはもてるんだから」

と言い返した。続いて兄嫁が
「雪ちゃん、可愛いからね〜」

と言ってくれた。この会話が呼び水となり、雰囲気は一気に打ち解けた。

そして雪子は相手の三田とその家族のこと、さらにはここまで至った経緯等を丁寧に説明し、疑問にも答えた。それは自分自身に対する確認でもあった。

しかし、両親の表情は険しく口数も少なかった。娘が障がい者であり、一生独身になることを半ば覚悟していたので、あまりに突然の朗報が疑わしく思えてならなかったのだ。一応の説明が済んだところで、いきなりの結論は無理と

いうものであり、日を改めて集まることにした。両親と同居の雪子は、両親を置き去りにするみたいでちょっと気が引けていた。

三日後の夜、再び家族が集まった。同居の両親はこの日までこのことに触れようとせず黙りこくっていた。この様子にもしかしたら、反対？雪子は不安を覚えた。そして父親が口火を切って話し始めた。あの日の夜は寝付けず母親と遅くまで話し込んだこと、兄さんの意見も尋《き》いたこと、今日まで雪子のことで頭が一杯になっていたことなどを告げた。そして徐《おもむろ》に考えを話し出した。

「三田さんか〜。しっかり者のお前が選んだ男性《ひと》だ、きっと良い人だろう。拒む理由は何もない。父さんと母さん、三田さんにいつでも挨拶に行く用意もできてるよ」

と。男親の口数の少ない言葉であったが全てを言い尽くしていた。続いて母親も

「三田さんっていう男性《ひと》が母さんには神様に思えるよ。雪子、素敵な男性《ひと》で良かったね〜。幸せになんなさいよ」

と涙声で言ってくれた。これまでのつらい日々を過ごしてきた娘に対する思いやりに溢れた両親の言葉であった。雪子の目にも涙が滲んだ。兄夫婦も

「良かったなあ、幸せになれよ」

と喜んでくれた。この家族全員の励ましの言葉が後押しとなり、揺れていた雪子の気持ちはハッキリ固まった。

雪子の両親にとって身障者の娘を残して逝くのは一番の心残りなことであったろう。末っ子の雪子の朗報は家族全員を幸せにしたのであった。

一方で、雪子としては揉めると思っていた家族会議が思いの外すんなりと賛成で終わったので、ちょっと拍子抜けの状態になっていた。さらにこのことが雪子に返って不安を抱かせていた。相手家族の意向はまだ分からないが、こんなに良い話が私みたいな者にとんとん拍子に進んでいいものだろうか？どこか見えない所に落とし穴がありそうで、疑心暗鬼に陥っていた。

五月も半ばになり、雪子は三田に自分の気持ちが固まったことと家族も賛成してくれた旨を伝えた。三田も

「そうか良かったぁ～、ありがとう」

と言って喜んでくれた。そして、早速に六月の吉日に三田の父親と面会しようと言ってきた。話をどんどん進めようとしている三田を見て、雪子はこれまでの経緯からも三田が見掛けによらずせっかちな人間であることが分かってきた。女性は落ち着く先が見えてくると、本能であろうか、その男性への観察力も一段と磨かれるようである。

三田は自分と父親の本当の姿を少しでも解ってもらおうと自分の職場の応接室を面談会場に選んだ。

いよいよ、対面の日となった。この日は日曜日であり、会社の活気といったものは窺い知ることはできなかった。しかし、雪子はきれいな佇まいの建物、掃除の行き届いた通路及び庭などを見た印象で、この会社が堅実な会社であることを感じ取った。会社であれ人であれ、本質というものは一目見ただけで大体分かるものである。

そして、雪子は応接室へと案内された。三田が先に部屋に入り雪子を招き入れた。

「失礼します」

と言って入って行った。十畳ほどの室内はキチンと整理されており、一枚板と思われる大きなテーブルの横には何種類かの花を生けた花瓶が据えられていた。ソファーには父親が待ち侘びた様子で座っていたが雪子を見掛けるとすぐに立ち上がった。雪子もすぐに父親の傍らに駆け寄ると
「初めまして、吉岡雪子と申します。三田さんにはいつもお世話になっております」

「本日は宜しくお願い致します」

と杖を頼りに堅苦しい挨拶をした。父親は
「やぁ、よくいらっしゃいました。信彦の父、三田善彦です」

「さあ、どうぞお座り下さい」

と丁寧に迎えてくれた。雪子は三田の話から想像した厳格な父親のイメージとは程遠い温和な人柄であったことに胸をなでおろした。ソファーに腰をおろすと父親がコーヒーを煎れてくれた。コーヒーミルにサイフォンと本格的であ

る。その甘い香りが周囲を被った。そして父親は自慢げに

「私ね、コーヒーを煎れるのだけは上手《うま》いんですよ」

と言ってその場を和ませてくれた。

一服したところで父親は一番気になった雪子の佇まいを見て、身体のことを労《いたわ》ってくれた。

そして、いよいよ本題へと入っていった。まず雪子の方から話し始めた。生い立ち、不慮の事故の詳細、家族のことなど全てを告げた。続けて三田親子が母親のことを含めた家族のこと、会社の歴史、事業内容などを話してくれた。雪子も頷くような仕草で聞き入った。続けて父親は息子信彦とのここまでの経《い》緯《さつ》について語り始めた。

「実を言いますと、私も最初に信彦から雪子さんのことを聞きました時には頭に血が上る思いでしたよ。何を考えているんだと」

「親子とは言え暫くは激しく口論しました。まあ、どこの家庭でも多少は似たようなことはあると思いますがね」

雪子の表情が強張ってきた。

「口論ばかりしていても埒があかないと思ったのか、信彦が急に大きな声で『苦労人の父さんなら同じ境遇の人の気持ちも分かるだろう』と言ってきましてね。言われた瞬間〝ハッ〟としまして言葉に詰まりましたよ」

「信彦が言う通りだと理屈では分かってはいましたが、信彦の幸せと会社のことを思うあまり、親バカになっていたんです。子どもの本当の幸福《しあわせ》とは何なのかを考えていなかったんですね」

「考えてみれば、私ども夫婦も大学は出ていないんですけど、これまで何とかやってこられましたから」

と丁寧に話してくれた。さらに雪子のことにも話が及んだ。

「今日、初めて雪子さんにお会いして、まだたいしてお話もしていませんが私の率直な印象を申し上げますと雪子さん、あなたは前向きで明るく生きる素敵な女性《ひと》だ。信彦が言う通りでした」

「私も職業柄、これまでも多くの女性従業員を見てきましたから、ちょっとは女性を見る目があるんですよ。女房が生きていたらきっと喜んでくれたと思います」

「信彦は苦労した母親を見て育ったせいか、やはり苦労してきた女性が好きなんですね」

とも言ってくれた。雪子はとんでもないと否定するような素振りを見せ、

「そんなことはありません」

と言いながら恥ずかしそうに俯いた。

さらに父親は意外なことを喋り始めた。

「信彦はね、雪子さんの会社に行くたびにあなたのことを観察していたようですよ。たいした用でもない時もわざわざ行っていましたね」

「私も訪問頻度がやけに多いのを不思議に思ったんですけど、このためだったんですね」

「エーッ、そうだったんですか？」

と雪子は叫んだ。

「だから、あまり言葉を交わさなくても信彦の中では雪子さんのことをしっかり掴んでいたようです」

と父親は続けた。今度は知らぬ間に三田に観られていたことに驚いた。そばにいた三田は微笑《えみ》を浮かべながらその通りと言わんばかりに相槌を打っていた。

父親を目の前にして雪子は緊張しっ放しで返す言葉を見出せずにいた。そして、これまでを色々と模索していく中で、ふとあることに思い当たった。それは最初のデートの時のことである。この時、三田が自分の生い立ち、家族について妙に熱心に語っていたことがあって、それがずっと気になっていたのだが、それが今日のこの日のためであったことに気付いた。三田は前もって自分の家族の実情を知ってもらうことで雪子に関心を持ってもらおうと謀ったのだ。言わば伏線を張っていたのだ。雪子は絶対に逃れられない三田のじわりと包囲してくる術中にすっかりはまっていたのである。

話し合いも終わりに近づいた頃、雪子も冷静さを取り戻し、二人の食い入るような視線を感じながら今度は自分の番だと意見を述べ始めた。

「え〜、色々と伺って参りまして、お二人の温かいお気持ち、とっても嬉しく思いました」

「信彦さんはとっても素敵な方で私にはもったいない位の男性《ひと》です。付き合いは長いと申しましてもそれは仕事上のことでして、お互いまだ人としての付き合いは浅く、本当に解り合えてないと思います」

「もし、すぐにこのまま結ばれたとしても、やっていけるかどうか不安で、自信ありません。お互い解り合えるまで暫くお時間を戴けないでしょうか？」

三田親子は雪子のもっともな意見に納得の表情であった。少し間をおいて父親がまた話し出した。

「確かに雪子さんのおっしゃる通り、不安がられるのはもっともなことだと思います」

「結婚というのは初めての経験で人生最大と言ってもいい程の大切な節目ですからね」

「特に女性の方なら慎重になられて当然のことでしょう」

さらに続けて、

「二人に参考になるかどうか分かりませんけど、私ども夫婦が結婚した時のことを話させて下さい」

と言ってきた。そこにすかさず三田が、

「父さん、長くなるのは止めてくれよな」

と言葉を挟んだ。分かっているよと言いながら喋り出した。

「私どもの結婚が決まりまして、私が女房と最初に会ったのは結婚式場での当日でした。昭和八年のことです。今では考えられませんけど、私達の頃はよくあることでした」

「なにしろ、当時の結婚というものは、一概には言えませんけど家を守るため、後継ぎをつくるためにしたもんでした。男社会でしたから。女性の意見というのはあってもないようなものでした」

「今みたいに、お互いが好きだからと言うだけで結婚できるものではなかったのです」

「そういう事情で、婚姻も両家の親同士が決めていました。当然、当の本人達はお互いに何も分からないまま結ばれたのです」

「そうだったんですか～」

と雪子は言葉を挟んだ。父親はさらに続けた。

「それでも一つ屋根の下で暮らせば何とかなるものですね。お互いに心を寄せ合おうとするとでも言いましょうか」

「先にも申しましたように女房を早くに亡くしまして、今更ながら会社を手伝ってくれた姿に申し訳ない気持ちで一杯です」

「何でもっと早くに女房を労ってあげられなかったのかと悔やみ切れない気持ちです」

雪子の胸に父親の言葉が深く沁み込んできて神妙に聞き入った。

「雪子さん、結婚生活というのは二人が互いに気持ちを譲り合い、何事につけても助け合うことだと思うのです。言ってみれば共同作業なんですよ。どちらかが欠けても駄目なものです」

「はい…」

「もちろんそのための努力も大いに必要なことは忘れてはいけませんけどね」

最後は説教めいた話であったが今の雪子にはすんなりと受け入れられた。そして、思い至った。

—そうだ、取り敢えずはチャレンジだ。チャレンジしなくては何事も始まらない—

この父親の言葉に促されて雪子の心もハッキリ固まった。目の前にあった幕が開いたように遠くが見渡せた気分になった。

そして、徐《おもむろ》に立ち上がり二人の顔を見つめ直して、

「お義父さん、信彦さん、不束な私ですけれど末長く宜しくお願いします」

と深々と頭を下げた。すかさず待ってましたと言わんばかりに三田は立ち上がり喋った。

「ヨシッ、決まった。式は十一月、教会で挙げよう。雪ちゃんは純白のドレスを着るんだ」

「バージンロードは僕が雪ちゃんを抱き上げて歩くよ」

父親も立ち上がり、雪子に手を伸ばして

「雪子さん、あなたならきっと信彦の良きパートナーになれると思います。おめでとう」

と言って祝ってくれた。

この後、二人はお祝いにと夜の繁華街へと繰り出した。肩を寄せ合って歩いた。雪子にとって本当に待ちわびた楽しいデートであった。レコード店からは九重佑三子が歌うヒット曲「ウェディングドレス」が繰り返し鳴り響いていた。

交　換

真崎有紀子、東関東にあるS中学校の三年生、小さな身体に丸顔、オカッパの髪型で縁のある眼鏡をかけていた。ちょっと野暮ったい感じの女の子である。性格も控え目で、学力も特に目立つようなこともない。ただ、三人姉妹の長女であることから、落ち着いたしっかりとした面はあった。

有紀子が住む街は東京上野から電車で一時間半程かかる所にあり、静かな田舎街であった。学校での部活動は盛んで、文化系・体育会系を問わずいろんな市の大会で活躍していた。有紀子も書道部に在籍し、市のコンクールでは入選した実績をもっている。

昭和四十年、東京オリンピック景気に沸いた後、日本はそのままの勢いで高度経済成長の真っ只中にあった。世の中便利で豊かな様相を呈していた。ただ、学校給食については、小学校では戦後間もなくの早い時期から実施されていたが、同じ義務教育の中学校ではまだまだ遅れていて旧態依然とした弁当持参であった。

しかし、有紀子の学校では、昼食に新しい方法が採られていた。それは、パン（均一料金）と牛乳を希望する者は、始業前に担当の委員に申し込んでおくことでパンと牛乳を食べることができたのである。母親が病気か何かの理由で弁当を持参できなかった時には便利な方策であった。

学校生活の中で有紀子の楽しみの一つがその昼食であった。育ち盛りの子ども達である。誰でもお昼の食事は待ち遠しい。有紀子の家庭では夜のみならず朝も御飯食であったので、パンが大好きな彼女にとって昼のパン食は特に楽しみな時間となっていた。

委員がクラスの総個数と料金を取りまとめて購買部に依頼するのであった。ただ、難点としてパンの種類を指定することはできなかった。全校的にみて、これをやるとなると大変な仕分け作業になるので無理であった。パンの種類としてはバターあるいはジャムがセットになったコッペパンと、日によって違うが五種類の菓子パンだけであった。昼食の時間になるとクラスの委員が教室まで運んできて、みんなが公平になるよう配布した。毎日、大体クラスの四分の一程の生徒が利用していた。

ある日、この有紀子のクラスでちょっとした出来事が起こった。

有紀子はこの日、パン二個と牛乳を注文していた。昼食の時間となったが生憎有紀子は担任の先生との約束を思い出し、慌てて職員室に向かった。用済後にパンを受け取ることにした。大分焦った気持ちで教室へ戻ったが、パンの配布は既に終わっていて、みんな何食わぬ顔で食事を始めていた。

有紀子がパンを受け取るため箱に近づこうとするとみんながジロジロ見たり、クスクスと笑う声が聞こえてきた。何かクラスの雰囲気がいつもと違っていた。箱の前にきて中を覗くとそこにはコッペパンが二個あるだけであった。みんなが一斉に声を出して笑い出した。冷たくなったコッペパンはお腹《なか》の足しにはなるが、食べやすい菓子パンに比べたらどうしても人気がなかった。有紀子は一人除け者にされた感じで悲しい気持ちになった。いつもはこんなことはなかったが、いないことをいいことに大人しい有紀子は意地悪をされたのであった。有紀子は仕方なくコッペパンを取り席に着いた。周りの目はおいしくないパン二個をどんな顔をして食べるのだろうと興味本位の眼差しであった。有紀子は遅れた私も悪いのだからと思いつつも周りの鋭い視線を感じずにはいられなかった。

それでも有紀子は気のない素振りでパンを食べ始めようとした。その時、一人の男子生徒が彼女の机のそばに近づいて、立ち止まった。ふと見上げると、それはバスケット部のキャプテンで級長でもある笹岡修平であった。そして彼は、

「真崎、俺のパンと交換しよう」

と言って菓子パンを差し出してきた。有紀子は突然の申し出に

「えっ！」

と声を発しながらも

「大丈夫です」

と言って丁寧に断った。しかし、次の瞬間、笹岡は机にあったコッペパン一個を素早く取り上げ、持っていた菓子パンと交換してしまった。そして、あろうことかその場でみんなに向かって叫んだのだ。

「みんな聞いてくれ！パンの種類は限りがあるので、好き嫌いはあると思うが、みんなが公平になるようにやってくれないか、頼むよ」

と言って去って行った。暫くすると周りからささやく声が聞こえてきた。

「なんだ、あいつ格好つけやがって」

「そんなに先生に気に入られたいのかよ」

有紀子の心は痛んだ。すぐにその者たちに言い返せば良かったのだが有紀子にはそんな勇気はなかった。何にも悪いことをしていないのに私のせいで笹岡が自分のせいで責められたことを悔やんだ。放課後、有紀子は笹岡に礼を言ってその日は終わった。

翌日、有紀子は笹岡の隣の席の女の子から思いがけないことを聞かされた。

それは、この時笹岡はコッペパン二個と菓子パン一個を取っていて、その唯一の菓子パンを私のコッペパンと交換したと言うのだ。

それを聞いて有紀子は申し訳ない気持ちと笹岡の心の大きさに触れた思いがした。この日以来、有紀子は学校でパンを食べることはなかった。その後、二人はクラス内でも言葉を交わすこともなく卒業していった。笹岡にとっては、このパンの出来事は大した問題ではなく忘れ去られていった。

卒業後、十五年の歳月が流れた。笹岡は大学を終えた後、難関と言われたある大手自動車メーカーに就職していた。入社面接の際には中学・高校・大学とバスケットボール部でレギュラーとして活躍した一途な面が評価されたようである。現在は東京新宿の郊外、閑静な住宅地にある支社で乗用車の営業を担当していた。いわゆるセールスマンである。ここは都心に近い高級住宅地ということで、閑静とは裏腹に富裕層顧客を狙った同業各社との激戦地であった。

笹岡も今や年齢も三十歳を超え、部下を持つ役職に就いていた。この結婚適齢期を迎えている笹岡であったが、女性とは縁遠く未だに浮いた噂の一つもなかった。仕事が趣味と言っていい位で、車のことで頭の中は一杯であった。まして や、中学時代のあの出来事など深い記憶の底に埋もれてしまっていた。

笹岡は体育会系部活で頑張っていたように、なにしろ体を動かすことが大好きな性分で、事務系の仕事より営業を自ら買って出ていた。しかし、これが考えていたのと違い大変な業務であった。顧客の都合によっては夜明け前から、あるいは逆に深夜に至るまで駆けずり回されたり、ひどい時になると自分の休暇の日でも接客に振り回された。その努力の甲斐あってか、車の販売成績は入社以来ずっと好調を維持し、全社的に見ても必ずと言っていい程トップテンに顔を出していた。絵に描いたような順風満帆の人生であった。一方で実績の上がらない部下に対しては、当然ではあるが厳しい叱責もしていた。彼としての将来の目標は支社長はもちろんのことであって、うまくいけば本社の部長クラスも有り得ないことではないと目論んでいた。

ある年の十一月、年末のボーナスシーズンを見込んだ全社挙げての販売促進のキャンペーンが始まった。今年の総仕上げを飾ろうと支社全体も意気込んでいる。当然ライバル各社も同じ状況であり、毎年厳しい商戦が繰り広げられる。

この月も終わろうとする頃、本社より支社宛のノルマの数字が届いた。内容は今回も予想通りの前年同月の売り上げ実績比十パーセントのアップである。ここ十年、この支社はノルマ未達成の年もあったとはいえ右肩上がりに実績は伸ばし続けてきた。笹岡としても毎年の無理難題な数字に不合理性を感じながらも今年もキャンペーンの中心となって対策に取りかかった。

まずは毎月初めに恒例に行っていることではあるが、現顧客の車保有状況の見直しをより一層綿密に行う作業から取りかかった。所有者の車の種類・保有年数さらに家族構成なども細かくチェックすることで、二台目、三台目の購入、あるいは買い換えなどの販売ツールとするのであった。さらに笹岡は若手担当者に対しては攻略のポイントなどを丁寧に指示するなどして、支社一丸となった目標達成への対策を立てていた。

また、これらの作業とは別に当地区への転入者の車事情なども調べなくてはならない。これもいつものことではあったが、一軒一軒を軒並みに訪問するというのは、この忙しい時期には大変な労力となっていた。

いよいよ師走に入って笹岡は自分の仕事はそっちのけの状態となり、支社全体のノルマ達成に向けた作業で手一杯になっていた。部下達にも夜遅くまで協力を要請しているものの、数千世帯の大量リストの見直しは遅々として進まない。

そこで笹岡は例年のことではあったが、リスト等の資料を少しずつではあるが自宅に持ち帰ってやることにしていた。この顧客情報の詰まった資料を社外に持ち出すことは社内規則でも当然ながら厳禁であった。この辺のところは上司にも都度報告していて、暗黙の了解は得ていた。

師走初旬のある日、笹岡は夜九時まで残業し、いつものように資料をカバンに詰め込み帰宅の途についた。一人暮らしのアパートがある最寄駅まで三十分程度であった。いつもは電車内では混んでいることもあって立ったままで帰るのだが、その日はたまたま目の前の席が空いたのでカバンを足元に置き座席に腰を下ろした。電車が走り出し、心地いい揺れにここ数日の疲れが重なり、重要書類があるので眠ってはいけないと分かっていながら、ちょっとだけならとつい睡魔に負けてしまった。どれほど寝入ったであろうか、電車の急ブレーキで目が覚めた。すぐに足元を見たがカバンは既に消えていた。しかも最寄駅を三つも通り過ぎていたのだ。しまった!と思ったがもはや取り返しはつかない。笹岡は生気が抜け落ちた表情で天を仰いだ。

後日、この不祥事は全社的に取り沙汰された。なにしろ車所有者本人以外にも友人・親族など分かった範囲での情報も書き加えてある資料であった。不注意による交通事故とは違い、社内規定を逸脱しての不始末であり、本社としても見逃す訳にはいかなかった。

暫く経ったところで、厳しい処分が下された。支社長は監督不行き届きということでけん責、笹岡は降格までは至らなかったものの一年間の給与減額の処分となった。尚且つ、このキャンペーンの主担当からも外された。

これで笹岡が夢見てきた本社での主要ポストへの道は消えてしまった。笹岡としても自分の不注意であることは重々承知していたが、これまでも会社のためにと思ってやってきたことに、裏を返すような厳しい処分に納得がいかなかった。

　学生時代を通じた部活、また就職してからのトップセールス、常に陽の当たる場所を歩いてきた笹岡にとって初めて味わう人生の蹉跌であった。「くそ〜、たった一度の過ちなのにこんなひどい仕打ちってあるのかよ、世の中おかしいんじゃないの」と八つ当たりして叫びたい気持ちであった。


　その夜、笹岡は憔悴した気持ちのままでは仕事にもならず、周りの好奇心に満ちた目に晒されながら退社した。そしてそのまままいつも若手と行く居酒屋へ自然と足が向いていた。重たく感じる暖簾をくぐると女将がいつも通りの大きな声で迎えてくれた。

「あ〜ら、いらっしゃい！笹岡さん今日は一人？珍しいわね」

「熱燗と奴」

いつもと違う笹岡の雰囲気に女将も声掛け辛くなった。ここに来ている客層も中年サラリーマンが多い。この人達もみんな同じようにノルマの世界で戦っているんだろうなあと思いながら胸のポケットから煙草を取り出した。そこへ女店員が現れ、

「お待ちどうさま」

と注文の品が届いた。いつもはおいしい酒も今夜はやけ酒である。酒を飲みすすめても、これまでのように酔いが回ってこない。「給与減額」という言葉が頭の中でさらに大きくなって渦巻いている。これから先のことを考えながら暫く飲んだ。そして、少し気持ちが落ち着いたところで、ここに長居しても同業者と飲んでいるようで返って滅入ってしまいそうになり、早めに切り上げることにした。

お酒の力を借りても気持ちは晴れず、肩をすくめての帰り道、駅のアナウンスの声が聞こえる所まで来た時、入口が白熱灯に照らされた渋いレンガ造りの古めかしい喫茶店が目に止まった。

こんな所に何て素敵な店があるんだろうと思いながら誘われるように店の中

へと入って行った。これまでのような絶頂期にあった笹岡では到底見出せない地味な店構えであった。
店内は薄暗く、客足も少ない。静かにサックスの音色が流れる中笹岡は窓際のソファー席に腰を下ろし煙草を吸い始めた。暫くして注文したブラックコーヒーが届いた。注文したものの飲みたい気分になれず、窓際に寄り添ってただぼんやりと店の前を行き交う人の群れを眺めていた。ネオンサインの明かりを断ち切りながらせわしく歩く人がうらやましく思えた。自分にはもうあんな元気はないなと気分はすっかり落ち込んでいた。

暫くするとテーブルの片隅で〝カチャ〟とカップを置く音がした。目を移すとそこには煎れたばかりのコーヒーが置いてあり、傍らには育ちの良さを感じさせる清楚な女性が佇んでいた。そして、目が会うや否やいきなり
「失礼します」
と言って笹岡の前に腰を下ろした。
「そちらのコーヒーもう冷たくなったでしょう。こちらの温かいのと交換し

ましょう」

「どうぞ、ご遠慮なく」

と言ってきた。笹岡は見知らぬ女性に声かけられて、酔いも一気に醒めてしまった。不審に思いながら
「失礼ですけど、どちら様ですか？こんなことされる憶えはないんですけど？」

と聞き返した。女性はニコッと笑い一呼吸置いてから
「私、S中学三年の時同じクラスでした真崎有紀子です。憶えていらっしゃらないですよね」

と応えた。

「真崎さん？‥憶えてないな～」

「笹岡君、あなたは憶えてないでしょうけど、私はハッキリと憶えていますよ」

「だって大事なパンを交換して下さった方ですもの」

「パン？‥」

「何のこと？」

と言いながら笹岡は頭を抱え込んで俯いた。暫くして思い当たった。

「もしかして、昼食のパンのこと？」

と疑惑の眼差しで応えた。

「そうですよ。思い出して頂けました。その時の女の子です」

笹岡はハッキリと思い出した。しかし、今自分の目の前にいる女性は当時の女の子とは似ても似つかぬ美人である。

「え〜！」

あまりの変わりように驚いた笹岡は素っ頓狂な声を上げ、この女性に目が釘付けとなった。

「笹岡君、女は変わるものですよ…」

「……」

「私、あの時からあなたのことを意識し始めたの。卒業してからもアルバムを開いては、あなたのことを忘れないようにしてきました」

「学校ではスターであったあなたにとって私なんかちっとも関心なかったで

しょうけど…」

「……」

笹岡は、この人何を言っているんだろうといぶかしい表情で真崎を見つめていた。少し間をおいたところで、

「それにしても、何で真崎がここにいるんだ？」

と尋ねた。

「笹岡君が新宿郊外のこちらの支社で働いておられることを、あの時のバスケ部の仲間から聞きましたの」

「それで私は昼は丸の内の会社でＯＬをやりながら、夜は学生時代の友達がやっているこちらで手伝わせて貰っているの」

「……」

「いつかはきっとここで笹岡君と出逢えるだろうとずっと待っていましたのよ」

笹岡は半信半疑の複雑な気持ちで聞き入り、目の前にあったコップを一気に飲み干した。

続けて真崎はとんでもないことを平然と言ってきた。

「ねえ、笹岡君、私と一緒に暮らしてみませんか？」

「私、あなた無しでは生きていけないの。あなた以外の男性との結婚は考えられないの」

真崎は真剣な眼差しで、一方の笹岡は混沌とした素振りで互いに見詰め合った。暫くして、さらに真崎は続けた。

「あの時の恩返しがしたいの」

この言葉を聞いて、笹岡はハッとなった。そしてあの日の出来事が昨日のことのように最初から思い出されてきたのだ。そんな中であることに思い当たった。

あの時、真崎有紀子に向けられていた級友達の視線は今の俺に対する同僚達の目と同じだということに。

すると目の前に佇む真崎に何故か急に親近感が沸いてきた。さらに前途を悲観して沈んでいた笹岡は同じように逃げ出したくなる気持ちを味わったことのあるこの女性《ひと》となら一緒に人生を一から出直せるように思えてきた。

笹岡の暗い胸の内に一筋の光明が差し込んだのであった。

そして、笹岡は思った。

—これまでの生き甲斐を、振り出しに戻ったつもりで新しい生き甲斐と交換すればいいんだ—

と。

真意

もう何千回、いや何万回の朝を迎えたことであろうか。カーテンの隙間から差し込む輝く光を見るたびになぜかホッとする。人生五十年を過ぎ、まだ生かされていることに感謝しなくてはと思いつつ床《とこ》から離れた。

高山信吾、五十歳東京荻窪で生まれ育った。昭和一桁最後の生まれである。当然国民学校初等科の時に集団疎開を経験した。戦争では運良く家屋は残り、焼け出されることはなかった。今は中野で、亡くなった父が始めた税理士事務所の後を継ぎ二代目として働いている。女房は父親の税理士仲間が紹介してくれた女性《ひと》であった。名は智子、三歳年下で何事につけてもキッチリとこなし隙がない。家事はもちろんのこと、子どもの教育にもうるさい。そんな何でもやってくれるありがたい女房と思う反面、それが時として鼻につくこともある。

仕事柄、毎日多くの事務処理に追われている。事業者の日々発生する伝票整理を始め、各事業従業員の年末調整、年度末には決算・確定申告の相談及び代行、さらには相続税対策の相談と多岐にわたっている。

間違いが許されない数字と毎日向き合っている高山であったが、時折息抜きと称しては小料理屋「うずら」に顔を出していた。商店街を抜けたちょっと外れた所にあり縄のれんの歴史を感じさせる店であった。女将は母親の年齢に近いこともあって話し易く、人生経験も豊富なので何でも相談に乗ってくれた。ストレスが溜まる高山にとって大変頼りになる存在であった。

ある夏の暑い日、久し振りにぶらりとうずらを尋ねた。

「いらっしゃい」

と言って微笑を浮かべて迎えてくれる女将に癒やされる。いつものように奥の止まり木に腰を下ろした。

「生ビール！」

と注文した後、出されたタオルで手や顔を拭った。そして、徐《おもむろ》にマッチで煙草に火を点け終わったところに
「お待ちどうさま」

とビールとお通しが運ばれてきた。聞き慣れない声に振り向くと初めて見る女性《ひと》であった。すかさず女将が声を掛けてきた。

「高山さん紹介しておくわ。この人今週からうちで働いてもらっているの。名前は梶原さん。宜しくお願いしますね」

髪を束ね、たすき掛けの絣《かすり》の着物で明るく対応している彼女に高山は何か新鮮なものを感じた。そして、そのままを女将に伝えた。

「良い人が来てくれたようだね」

この日、高山は彼女を見たことで明らかに浮わついていた。その夜、蒲団に入っても彼女の顔が瞼に浮かんで、なかなか寝付けない。年齢は幾つなんだろう。見た目は若く見えるのでもしかしたらまだ独り身かなと色々思いを巡らせたりした。

翌日、目が覚めても彼女のことが頭から離れない。眠りも浅かったようだ。いつも通りに短大生と高校生の娘二人をせっついて送り出した後、自分の着替えも済ませ少し早めに自宅兼用の事務所へと入っていった。暫く経つとまた彼女の顔が浮かんでくる。何かをするたびにこうでは仕事にならない。すると、そこへ五年前から一緒に働いてくれている若手税理士兼助手の永田が出社してきた。そしていつものように大きな声で、

「お早うございます」

と叫んだ。その声に諭《さと》された高山は思い直して仕事に取りかかった。しかし、長くは続かない。その後もたびたび彼女の顔が目の前に現れた。

一週間が経った頃、高山は永田を誘ってうずらを訪れた。彼女の様子がよく見えるよう、いつもの止まり木の席ではなくちょっと奥まった座敷に二人腰を下ろした。永田を誘ったものの彼との話には上の空であった。彼の問いかけにも適当に頷いていた。高山は彼女の声、さらには優美に思えるその立ち居振る

舞いに引き付けられていた。

「ねぇ、高山さん聞いてます？」

と永田が言ってきた。

「あぁ、聞いてるよ」

「今日の高山さん、いつもと違って何か変ですよ」

「最近は仕事中にもボーッとされている時もあるし」

「そうかぁ」

と言いながら永田にビールを注いだ。

「全く～」

永田も気持ちを変えようと店内を見渡した。しかし特に変わったところは見られない。

「今日はこれで帰りましょう。高山さんもお疲れのご様子ですから」

と言いながら永田は残ったビールを飲み干した。そして勘定を済ました後、そばに来て
「またのお越しをお待ちして居ります」

と言ってきた彼女の笑顔に高山は胸の高鳴りを憶えた。こんな気持ちにさせられたのは久し振りのことであった。店の前で永田と別れた後、彼女の笑顔を思い描きながら帰宅の途についた。

「梶原さんか〜」、高山の頭の中は彼女のことでさらに一杯になっていた。これを一目惚れと言うだろうが、いい年をして笑いものだなあと己のことを諭していた。結婚して今年で二十四年、来年は銀婚式だというのに余計なことを考えている場合ではないなとも思った。

考えてみると、最近女房との夜の営みも少なくなっていた。仕事も忙しくなり、女房智子もこれには積極的な質《たち》ではなかったので、なんとなくお互い疎遠になっていた。そんな時に彼女が現れたのだ。高山の気持ちが尚更穏やかでなくなったのは当然であろう。

高山は戦前育ちの割には、他の男性とは違って亭主関白の素振りは見せなかった。子煩悩で女房想いであった。子どもが小さい頃はよく遊園地やピクニックに連れ出した。近所の人も羨む父親振りであった。子ども達が大きくなった今でも家族との触れ合いを大切にしていた。そんな高山であっても、彼女梶原への想いが薄れることはなかった。

出会って二ヶ月位が経過した。それでも高山は彼女になかなか声を掛けられずにいた。ある日、ホロ酔い加減を良いことに思い切って尋《き》いてみた。

「梶原さん、お故郷《くに》はどちらですか？」

「新潟の湯沢です」

「えっ、あの川端康成の『雪國』の舞台となった所ですよね」

「ええ、そうです」

「僕もまだ訪《い》ったことないんですよ。今でも雪深い鄙《ひな》びたイメージは残ってますか？」

「そうですね。新幹線は開通しましたけど、まだまだ田舎です」

「失礼ですけど下のお名前は何と仰いますか？」

するとすかさず女将が言ってきた。

「高山さん、梶原さんを口説《くど》こうとしても駄目ですよ。ご主人と成人されたお嬢さんもいらっしゃるからね」

図星を突かれた感じとなった高山は慌てた素振りで、

「僕は何もそんなこと考えてませんよ。ただお近付きにと思って尋《き》いてみただけですよ」

と言い放った。

「いえ、いいんですよ。名前はゆきです」

「平仮名でゆきです。皆さんからは名前負けしてるってよく言われます」

「ゆきさんか〜、雪深い湯沢らしく、しっとりとした素敵なお名前だ」

年齢《とし》も尋《き》こうと思ったが流石にそれは憚れた。

その後も何回か通ううちに、ゆきが高山より少し年上であることも分かってきた。父親は既に他界しており、母親が一人で湯沢で暮らしているという。

ゆきの仕事はどうしても夜遅くまで続くので、二人切りでゆっくり話すことはできなかった。高山はやるせない気持ちが高まる一方で、人生の不条理を恨めしくさえ思った。

順風に乗って生きてきた男性にこそ、突然に大きな感情のゆらぎが訪れるものである。俺の人生このままで良かったのか、他に生きる道はなかったのだろうかと自問し悩むものである。今の高山の心境もそれに近いものであろう。ゆきにとってみても高山の爽やかでさっぱりとした性格に他の同世代の男性とは違う魅力を感じていた。子育ても終わり、これからの人生、夫以外の男性に興味が生ずるのはむしろ自然であろう。また一方でゆきとしても自分で自分の感情を制御できない危うい一面を持ち合わせていることも理解していた。

ゆきの夫は、母方の遠縁に当たる筋から紹介された男性《ひと》であった。同じ湯沢生まれの三つ年上である。家族のためにと真面目に働いてくれるのでゆきにとっては、ありがたい存在であった。

戦後から昭和三十年代にかけては女性の働く場所は少なく、ゆきは良い条件を求めて転々と職を変えながら家庭を支えてきた。親子三人だけなら夫の収入だけでもなんとかやっていけるのだが、湯沢で一人暮らしの母親の行く末を考えると少しでも貯えておこうと頑張っていた。

さらに三月《みつき》が過ぎた頃、高山のゆきに対する熱い気持ちは依然として変わらず、むしろ募る一方であった。この悶々とした思いを伝えるため、またゆきの気持ちを確かめたいという思いから結果はどうあれ思い切って告白することにした。

一月の寒い冬空の下、ゆきが仕事を終えて出て来るのを待った。間もなく日付が変わろうとする頃、カチッと裏のドアが開く音がした。ゆきがショールを巻いた着物姿で軽快に下駄の音を響かせて現れた。

「ゆきさん！」

と高山は穏やかに声かけた。ゆきは用心深げに振り返った。そして、高山だと気付くと驚いた表情をみせた。

「なんですか？こんな夜遅くに‥」

「突然でビックリされたかと思います。どうしてもゆきさんに私の気持ちを伝えたくて待っていました」

「‥‥‥」

「単刀直入に申します。私はあなたに引かれました。忘れられなくなったのです」

「いい年齢をして何を考えているんだと思われるでしょうけど、最初にお会いした時からあなたが心に焼き付いてしまったのです」

と一気に告げた。そして、高山はゆきに近づき両手を握りしめて体を引き寄せようとした。しかし、ゆきは一歩退き手を振り解《ほど》くと困惑した顔で言ってきた。

「何をおっしゃってるんですか……」

「きれいな奥さんと可愛いお子さん達がお待ちでしょう。早く帰ってあげて下さい」

言い終えるや否や、高山はさらに思い切ってゆきを抱きかかえようとした。

「いけません。人が見てます」

ゆきは高山を突き放し自分もよろけた。その後《あと》の髪とシュールの乱れを素早く直そうとするゆきの見事な仕草に高山は以前にも増して女の色気を感じさせられた。身なりを直し終えたゆきは

「失礼します」

と言い残すと、何事もなかったように高山の顔を見ることもなく足早に去って行った。

高山はゆきの毅然とした態度に言い返すこともできずその場で立ち尽くした。暗闇の中、白熱街灯に照らされたゆきの後ろ姿をただ見送るだけであった。

当然、ゆきの動揺も治まらなかった。ある日のこと、ゆきの娘が言ってきた。

「お母さん、最近きれいになったようだけど、何かあったの？」

「……」

「もしかしたら、お店で好きな男性《ひと》でもできたのかなぁ！」

台所で洗い物をしていたゆきの手が一瞬止まった。

「馬鹿なこと言ってないで、ほら、手伝いなさい」

とゆきはその場をはぐらかした。ゆきとしてはまた同じように高山に言い寄られたら何と応えたら良いのかと思い悩んでいた。

この後《あと》の二人はうずらで顔を合わせても気まずい思いとなっていた。お互いが取っ掛かり憎い心情であった。そこへまた女将がタイミング良く声を掛けてきた。

「高山さん、最近元気ないようだけど、何か悩み事でもあるの？」

高山は胸中を射ぬかれた言葉にたじろぎ
「別に何にもないですよ」

そしてすぐに話題を変えようと声を掛けた。

「お銚子、もう一本お願いします」

「それなら良いのだけど、高山さんが静かだと店の中も盛り上がらないのよ。ねぇ〜、梶原さん」

女将は二人のこれまでの様子を見て、仲らいを感じていたのであった。

「そうですね。きっとお疲れでしょう」

ゆきは応えた。二人の直接的な会話も減っていた。

そこへ永田が現れた。

「あれ〜、高山さん、いらしてたんですか」

「元気なく早めに自宅へ引き上げられたので、てっきり体調でも崩されたのかなと思ってましたよ」

「お元気なんですよね～」

「では、明日からの高山さんの再起を祈念しまして乾杯といきましょう！」

「おいおい、俺は元気だぜ」

「女将も一緒にお願いします」

「では、カンパ～イ！」

「永田君、君はいつも元気で羨ましいよ。ところで奥さん、元気？」

「元気も元気。うるさい位ですよ」

「君ももう三十二歳だろう。結婚して三年、そろそろ子どもをつくりなさい。人生、変わるよ～、ねぇ、梶原さん」

と回りもってゆきに話しかけた。ゆきは作り笑いでもって、「えぇ」とだけ言って話をつないだ。

　さらに高山は続けた。

「結婚が第二の人生と言うけれど、これは違うな。古い考えと思うけど、子どもができてからが本当の第二の人生だと思うね」

「女性はもちろんのことだけど男性もガラッと変わるね。子どもに対して責任感が生じるからだよ」

「そういうもんですかね～」

と永田は応えた。

「それに大人というのは偉そうにしているけど、実は子どもによって成長させられているんだ」

「我々人間は親子といえどもお互いに影響し合って成長する動物なんだよ。子どもができれば分かる」

高山のいつもの仕事上の話とは違って、何か自分自身を言い含めるような話し振りであった。永田は高山が最近ちょっと変わったことに気づき始めていた。

高山の中でゆきのことが消えていくことはなかった。その一方で、家庭でも女房に感ずかれないようにといつもの通りに振る舞った。旅行・外食等愉しい時間も持った。

しかし、女房の智子は高山がふとした時に見せる寂しげな表情を見逃さなかった。そして、その事について特に問い質《ただ》すことも一切しなかった。互いに良識ある大人であるし、プライバシーを尊重し、些細なことで家庭内に荒波を立てることの方がよっぽど恐いと考えていた。

ゆきも告白されてからは、心の中は乱れていた。これまで出逢ったことのない、夫とは違う異性に魅力を感じていた。もっと言えば、一度でいいからああいう男に抱かれてみたいと思ったりもした。

戦前に育った人間というのは、明治生まれの両親あるいは祖父母に厳格に育てられてきた。特に女性は自分勝手な恋愛というのは到底許されなかった。ゆきもそういった環境で育ち、それが当たり前だと思って生きてきた。しかし、今は違う。一度でいいから自分の思うままに生きてみたい、恋がしたいと思うようになっていた。戦後の日本は目まぐるしく変わってきた。今のゆきにとってもこれから先、素晴らしい世界が待っているように思えてならなかった。

その後もゆきは高山に何度か言い寄られてきたが、都度うまく跳ね返してきた。気持ちとは裏腹に、やはりこれまで長年家庭を支えてきた妻・母としての誇りがそうさせるのであろうか。

春を迎え温かくなった頃、ゆきの一家が実家の湯沢へ引っ越すこととなった。いよいよ一人暮らしの母親が心配になってきたという。夫の定年もあり、雪解けの季節を待ってからのことであった。

別れの日、うずらの女将は店を閉め、常連客を集めてお別れ会を催すことにした。ゆきの夫、娘も特別に招かれた。ゆきの夫は雪国育ちらしく、無口で温厚な感じの人であった。ゆきと年齢《とし》も大して違わないのにかなり老けて見えた。ゆきが世話になった旨の挨拶を終えて宴は始まった。高山は乗る気もなさそうに一人で徳利片手に飲みすすめていた。大分飲んだつもりだがいつものような酔いが回っていない。

みんなが盛り上がった頃、いきなり永田が発言してきた。

「梶原さんがいなくなって一番哀しい思いをするのは高山さんだろうなぁ〜」

と嘘とも本音ともつかないことを叫んで一同の笑いを誘った。

「そりゃそうだよ。この店一番の美男美女だもん」

と高山も言い返して、さらに笑いが起こった。そうした賑やかだった宴も夜が更けてお開きの時刻となった。みんなが最後の握手で別れを惜しむ中、高山も一番最後に握手した。手の平からゆきの優しい温もりが伝わってきた。みんなが見ている手前、

「ありがとうございました。機会がありましたら遊びに来て下さい」

と取り繕って礼を言った。ゆきは俯いたままで高山の顔を見ることもなく、女将に挨拶をして去って行った。


その後の高山はゆきがいなくなったことですっかり張り合いをなくしていた。仕事・家庭に集中しなければならないのだが、うまく気持ちを切り替えることができずにいた。むしろ逢えなくなったことで思いがさらに深まったようである。「恋の病か～」今更ながら一人で納得していた。

ゆきがいないうずらは、高山にとって火の消えたような酒場に思えた。自然

と足も遠退いていた。

初夏を迎え蒸し暑くなった頃、やっと落ち着きを取り戻した高山は久し振りにうずらに現れた。定席の止まり木に座り、出されたタオルで手や顔を拭っていた。丁度そこへ女将がやってきて、歓迎するように顔を近づけ
「お久し振り！」

と言ってきた。そして眼鏡をはずした高山の顔を見て
「あれ～、梶原さんに似ているわね」

「目元がそっくりだわ」

と言ってきた。さらに回想に耽った様子で続けた。

「そう言えば梶原さんがここで働き始めた頃、高山さんが入って来られた時、瞬間、誰かに似ているなあと思ったのよ。その時は思い当たらなくて、そのまま忘れていたけど」

「今思えば、一番身近な梶原さんだったのよね」

「そぉぉ、そんなに似ている？」

と高山は聞き返し、ビールを注文した。

「まるで姉弟《きょうだい》みたいだよ。眼鏡のせいで分かり憎かったけど…」

両親を同じにする兄弟さえ、言われなければそれは中々分からないものである。ましてや男と女である。分からないのは当然であろう。

「そんな訳ないよ。だいたい彼女は新潟の生まれですよ」

女将はさらに続けた。

「梶原さんは妹さんがいらして、今は北海道に嫁がれているんですって。それ以来お母さんはずっと一人で暮らしてらっしゃるみたい」

「へえ〜、妹さんがいらしたんだ」

「早くに亡くなられたお父さんも二人目の方ですって」

「……」

「それに…、言ってもいいのかな。梶原さんと妹さんは何でも父親が違うみたいなことも言ってたよ」

「お母さんも苦労なさった方だったんですね」

高山は相槌を打った。さらに女将はゆきから少しずつ聞いて溜まっていたものを一気に喋り出した。

「それにお母さんという人は、何でも若い頃神楽坂で芸妓さんだったらしいよ」

高山の飲む手が止まり、目が点になった。

「女将、それって本当？」

高山は鳥肌が立ち、上擦った調子で聞き返した。

「私は聞いたことをただ喋ってるだけ、本当かどうかは知らないよ」

「他人様の内輪事だから、おおっぴらに話したこともないけどね」

高山は一点を見つめたまま急に黙り込んだ。

「どうしたの？」

今度は女将が尋《き》いてきた。高山は思い詰めた表情でゆっくりと喋り出した。

「女将…、俺の親父も若い頃、修業のため神楽坂のある事務所で働いていたんだ」

「え〜！」

女将は叫び声ともつかない大きな声を上げた。

「お父さんもよく店にいらしたけど、そんな話聞いたこともないね」

「まさか…、あの親父が…」

高山の頭の中では疑心が一気に渦巻いていた。

第一子の女の子というのは男親に似るとよく言われる。それを考え合わせるとゆきが確かに親父に似ているようにも思えてきた。そして、高山はこのことがだんだんと確信へと変わっていくのを感じた。

—似ている？

—ゆきは姉だった？

考えたくない最悪のシナリオに高山は茫然となり、言葉をなくしていった。

そして、このことをハッキリさせようにも、既に父親は亡くなっている。高山はもはや真相を調べる手立てはないと諦めかけていた。すると
「ちょっと待って、梶原さんの実家の住所なら分かるわよ」

女将は言ってきた。

「えっ、本当～？」

「梶原さんが連絡することがあったり、忘れ物があったりしたらこの住所に

お願いしますとメモを残して行ったのよ」

見ると湯沢の住所と「田村とみ」と母親らしい人の名前が丁寧に記されていた。それを見た高山は手を合わせ神に感謝するような仕草を見せ、同時に居ても立ってもいられなくなった。

三日後の朝早くにまだ開業して間もない新幹線で湯沢へと旅立った。永田と家族には急用の取材で二〜三日留守にすると言っておいた。埼玉の大宮駅から越後湯沢駅まで一時間ほどの距離である。窓際に座った高山は落ち着かない様子で窓の外を眺めていた。流れ去る景色に重ね合わせるように、これまでの経《い》緯《きさつ》が浮かんできた。その中で高山はあることに引っかかった。ゆきがわざわざメモを残して行ったのは所用のためではなく、いつの日か俺の目に止まり俺が尋ねて来ることを想定してのことではなかったのかと。

長いトンネルを抜けるといきなり駅に着いた。初めて訪れた湯沢は静かな山あいの街であった。空気も澄んで山の木々も鮮やかな新緑を呈していた。この長いトンネルが喧噪な世界とは違う別の世界を創り出しているように思えた。

季節は違うが小説「雪国」が彷彿させられた。

住所地は駅から歩いて十分程度の所らしいと分かった。しかし番地表示が十分に整備されておらず且つ家屋もまばらのため、家々を尋ね歩いても容易に見つけ出すことができなかった。

やっとの思いで、ポツンと建っている藁葺き屋根の家に辿り着いた。中からは三味線の音が流れ出ている。表札にはメモの通り「田村とみ」とあった。

高山は念を押して確認した後、呼吸を整えて玄関引き戸に手を掛けた。

「ご免ください」

「は〜い」

と奥から意外に若々しい返事があった。ゆきが出て来るかと思ったが、背筋もピンとした細面の老婦人が現れた。流石に元芸妓という雰囲気を醸し出していた。ゆきから聞いていた母親像とは違ってカクシャクとした婦人であった。

「どちら様でしょうか？」

言葉遣いにも品位が感じられる。

「私、東京から参りました税理士をやっております高山信吾と申します」

と緊張した面持ちで名乗って名刺を差し出した。名刺を受け取り暫く見詰めた老婦人は明らかに表情を変えた。そして、高山の顔を覗くと驚いた表情を見せ黙り込んでしまった。これが全てを物語っていた。続けて高山はおもむろに父善雄が五年前に病気で亡くなったことを告げた。凜とした老婦人は表情なに一つ変えることなく

「何のご用でしょう。お話しすることは何もございません」

「どうぞお引き取り願えませんでしょうか」

と言ってきた。一方的且つ揺るぎない物腰に圧倒された高山は何も言い続けることはできなかった。そして、一切が了解できたということもあって

「分かりました。これで失礼します」

と丁重に挨拶した。暇際《いとまぎわ》に思い止《とど》まって一言尋ねた。

「私、娘さんのゆきさんとは東京で親しくさせて貰ってました。ご挨拶したいのですが、ご在宅でしょうか?」

「……」

老婦人は何も応えようとしなかった。

「では、失礼しますので宜しくお伝え下さい」

と言って振り返り玄関を踏み出そうとした所で老婦人は声を掛けてきた。

「あなた、ゆきのことを分かった上でいらっしゃったのですね」

「ゆきはあなたとは何の関係もありません。ほっといて下さい」

前にも増して強い口調であった。

「それに申し添えますけど、ゆきはこの家にはいません」

「えっ、そんなはずはないと思いますけど」

「いないと言ったらいないのです」

「高山さんとおっしゃいましたか、ですからもうこの家《うち》には二度と顔を見せないで下さい」

明治生まれの老婦人はあくまで冷静であった。高山は老婦人の言葉に気圧《けお》されて「分かりました」といった表情で再度深々と頭を下げた。そして振り返り家を後にした。

駅までの帰り道、高山は思った。

—連絡先のメモまで残していったゆきがそこから姿を消したのは何故だ？—

高山はゆきの真意が何だったのか計り兼ねてしまった。そしてそれが明かされることはもはやなくなったのである。

置き手紙

毎朝、早くから幸枝《ゆきえ》が何かをブツブツ言いながら、新聞を丸めてテーブルを叩く音で起こされる。もう半年は続いているであろうか。アルツハイマー病の中期段階と診断されている。今日も妻との厳しい戦いが待ち受けている。

―夫・孝夫七十三歳、幸枝七十歳―

孝夫と幸枝が結婚したのは、孝夫が南方から復員して間もない昭和二十二年のことであった。孝夫二十六歳、幸枝二十三歳の時である。幸枝は一人っ子であったが、甘えたところはなく、気丈な娘であった。世の中混乱していた時代である、当然ながら親戚筋の仲立ちによる見合い結婚であった。父の紋付き袴を借用し、幸枝は角隠しをしただけの留袖衣装で式を挙げた。

石川県の金沢市といえども空襲により家屋も少なくなっており、まともな住まいを探すのは難儀なことであった。やむを得ず、市の外れにあった六畳一間の間借り部屋から新婚生活をスタートさせた。

孝夫は市内の印刷屋で働いた。出征前にこの仕事にちょっと携わったことがあったので、その伝手《つて》を頼ったのであった。作業としては、活字印を文字の大・小さらに間隔などを考えながら、印刷する組版に配置するのである。言うのは簡単だけど根気のいる作業で一人前になるまではかなりの年数を要する職人技であった。何事につけ、控え目で人見知りをする孝夫にとっては、この作業は性に合っていた。現状では収入も少なく大変であるが二人だけの生活である。何とか凌ぐことができた。弁当も梅干し入りのおにぎりだけである。しかし、孝夫にはお米を食べられない人のことを考えるとこれでも精一杯のごちそうであり有難かった。

幸枝は明るい性格の女性であった。家事をやる時も、時折流行《はやり》の笠置シヅ子が歌う「東京ブギウギ」を口ずさんだりして楽しそうである。またラジオを聴いていても同じところで笑ったり、悲しんだりするので感性も同じだと思った。この幸枝の前向きな笑顔にエネルギーを貰って孝夫は頑張れた。幸枝と一緒になれたことに心から感謝した。

そんな幸せの真っ最中、男の子が生まれた。結婚して二年目の時である。優一と名付け、成長を楽しみにした。ただ生まれた時から体が弱く、他の赤ん坊には見られないような熱を出したりよく下痢もした。そして懸命な手当の甲斐もなく、最後は肺炎を患って一歳の誕生日を迎えることなく亡くなってしまった。幸枝は赤ん坊を抱きかかえたまま「優ちゃん、ごめんね」を何度も繰り返しながら頬擦りし泣き伏していた。

この時以来、あの明るかった幸枝の顔から微笑《えみ》が消えた。暫くは放心状態であった。

「我家《うち》だけが不幸な訳じゃない。今、日本中のみんなが何らかの不幸を背負って生きているんだ」

と言っては幸枝を励ました。

―孝夫二十九歳、幸枝二十六歳―

優一が亡くなった昭和二十五年の六月、朝鮮戦争が勃発した。日本との戦争が終わったばかりだというのに、アメリカは朝鮮半島を舞台にした戦いを始めたのだ。未だ東京裁判も終結していないというのにである。アメリカにとっては北朝鮮の背後に見えるソ連との世界の覇権を争う戦いの方が急務となっていたのだ。

太平洋戦争に於いては日本はアメリカと敵対関係にあったが、この戦争では皮肉にもアメリカ軍の後方支援として参加した。基地の提供、軍事物資の供給、車輌・航空機の修理などを行った。これにより日本は苦しみ続けていた戦後の不況から立ち直るきっかけを創出して貰ったことになる。

いかなる争いにも言えると思うが、不幸な事態が発生しても裏には必ずと言っていいほど得する者が存在するのである。この朝鮮戦争によるアメリカ軍からの日本への特別需要（朝鮮特需）は正にそうであったと言えよう。

この特需効果により日本の経済・産業界全体にも活気が戻り、自信を取り戻した。それにつれ、印刷業界にも注文が相次ぐようになってきた。孝夫の会社の業績も順調な伸びを示した。

孝夫も今こそが頑張り時だと朝早くから深夜までインクまみれになって働いた。体は草臥《くたび》れきっていた。ただ唯一の楽しみがあった。それは、帰宅後幸枝と向かい合って飲む一合の晩酌に癒やされることであった。

「今日のつまみは何だい？」

「あなたの好きな目刺しよ」

二人は夫婦生活にもすっかり自信が付いてきた。そんな折、幸枝が二人目を身籠もった。今度こそはと、将来に向け大きな希望が沸いてきた。

翌年の春になり、産所から幸枝が産気づいたとの連絡が入った。孝夫は会社にお願いしていた通り早くに退社し、産所へすっ飛んで行った。

「どっちだ？」

と孝夫は声高に叫んだ。

「女の子よ、ほら見て可愛いでしょう。あなたにそっくりだわ」

「よくやった幸枝！」

孝夫は有頂天になって両手を挙げ万歳を何回も繰り返した。

「名前は前から考えていたように寿子《としこ》がいいな」

「この子に幸せが訪れるようにだ」

「いい名前だね。あなた、この子はしっかり育てましょうね」

幸枝は優一のこともあって、哀しみを繰り返さないよう孝夫に念を押していた。

寿子は順調な成長を見せ、二人に幸せを運んでくれた。家事・育児に振り回される幸枝であったが、辛かった戦時中の青春時代に比べると今の生活は夢のようであった。

また、寿子が生まれた昭和二十八年七月には、両軍に甚大な損害をもたらした朝鮮戦争の休戦協定が結ばれた。これによりやっと第二次世界大戦から続いていた世界を巻き込むような不安から解放された格好となった。

翌年の秋口を迎えた頃には孝夫の収入も増え、暮らし向きも良くなっていた。

そこで前々から狙っていた隣町の新築賃貸住宅に引っ越すことにした。職場はちょっと遠くなるが、子どもの成長のことも考えて思い切って二人の夢を叶えることにした。

「わ〜、きれい。庭もあるわぁ」

幸枝の笑顔を見るのが孝夫にとって一番の喜びであった。

—孝夫三十三歳、幸枝三十歳—

昭和三十年代中頃になると、印刷業界に危機が迫っていた。これまでの活版印刷に代わる新しい印刷技術が開発されたのである。孝夫がこれまで携わってきた手作業による活版印刷は時代遅れの産物となろうとしていた。会社としても世の中の波には逆らえず、まだ少しは需要があるため一部は残すが、全く新しい写真植字の方法へと転換していった。これにより孝夫を含む多くの職人が解雇の候補となった。

孝夫もこういう状況になることは前もって分かってはいたが、会社側でも何らかの仕事を斡旋してくれるのではないかと淡い期待を寄せていた。故に幸枝には面と向かってハッキリ言わずにきた。

そして、いよいよ切羽詰まったところで幸枝に実情を話した。

「寿子もまだ小学生だ。これからまだまだ金がかかる」

「世の中の進展というものはひどいもんだ。人の心を容赦なく虫食《むしば》んでいく」

と孝夫は愚痴った。これは何も出版界だけのことではなかった。これまでの石炭に代わってエネルギー源として安価な石油が大量に供給されるようになったことで日本産業界全体に大きな影響を及ぼし始めていた。また、各家庭に電化製品が急速に普及したのもこの時期であり、生活スタイルも大きく変わってきた。

話を聞いた幸枝はちょっと考える風にして
「あなた、大丈夫よ。私、働いてみるわ」
と気丈な態度で言ってきた。幸枝としても新聞、ラジオなどの情報からこの事態をうすうす感じていて色々と考えていたようであった。そうは言っても、これまで専業主婦でしかなかった幸枝に職などあろうものかと孝夫は思った。

「私の友人で生命保険の営業をやっている人がいるの」

「その人に仕事がどんなものかと相談しようと思うの」

孝夫も幸枝の意外な言動に発憤させられた。

「そうか、悪いな。俺も会社の取引先、友人を訪ねて職を探してみる」

と言ってきた。

一週間位経った頃、早速幸枝の就職がまとまりそうになった。

「これまではあなたに頑張って貰ったから、今度は私が頑張る番よ」

とまで言ってくれた。幸枝の健気な姿に孝夫は頭が下がる思いであった。

またこの同じ時期、国の国民所得倍増計画により国民は豊かになってきていた。贅沢品と思われていたテレビが瞬く間に全家庭に普及したりした。また核家族化の進展に伴い将来の死亡に対するリスクの考え方も変化してきていた。これに生活のゆとりが相まって保険加入者も増加し始めていた。明らかに、個人・企業を問わず日本全体が様変わりしようとしていたのであった。生命保険会社としてもこの機会に乗じて広く女性営業職員を募集していたところでもあったのだ。

―孝夫四十四歳、幸枝四十一歳―

孝夫も幸枝ばかりに迷惑は掛けられないと職安に何度も足を運んだが、良い条件の職はなかなか見つからなかった。元印刷工の職人と言ったところで何の役にも立たなかった。まして四十代半ばの者にそう簡単に見つかる訳がなかった。

三ヶ月が経った頃、金沢市内の中堅運送会社で運送のアルバイト助手を募集していたのを見つけた。給料は印刷会社の時と比べて三分の一と安いが、三年間経験を積めば正社員として採用してくれるという好条件であった。孝夫は御の字とばかりに応募して採用された。まだ家計も苦しくはあったが、何とか暮らしていける目途がたった。

「あなた、もう若くはないから無理しないでね」

と幸枝は労ってくれた。

一方、幸枝の方はというと正に時流に乗った形で成績を伸ばしていった。これは何も外部要因だけではなく、幸枝の明るく物怖《ものお》じしない接客応対が顧客に好まれたようであった。幸枝本人としても自分の意外な一面を発見したようで仕事に愛着も沸いてきていた。

「すまないな、おまえにばかり苦労をかけさせて…」

「何でもないわ。ちっとも苦労と思ってないよ」

「私、この仕事、向いているようだよ。毎日が楽しくてしょうがないわ」

戦前育ちの孝夫にとって、女性に食べさせて貰っているという実情が内心屈辱に思えていた。焦りの気持ちもあったが、どうすることもできず、幸枝には申し訳ないという思いで一杯であった。

孝夫も早く幸枝の収入位までは追いつこうと真面目に仕事に取り組んだ。作業にも慣れ、正社員採用を目前に控え晴れやかな気持ちで仕事に励んでいた。

そんなある日、いつものように荷物をトラックに積んでいた時のことである。上の方に積み上げていた大きな荷物がバランスを崩して滑り落ちたのだ。運悪く下で作業していた孝夫の左肩を直撃した。バキッと鈍い音がした。病院に駆け込んだら左鎖骨が折れていた。大怪我を負ったのである。

もうこうなった以上は荷物を扱う作業はできなくなった。やっと正社員になれると楽しみにしていた時であった。孝夫に二度目の解雇の危機が訪れた。しかし、会社側から意外なことを告げられた。怪我は左肩であり、右腕は十分に使える。またこれは勤務中での労災事故でもあり、会社側にもある程度の責任はあると言ってくれた。完治するまでは取り敢えず内部事務を手伝うよう計らってくれた。完治し、傷の具合を見たところでその後のことは再考するということであった。孝夫には考えられないようなありがたい裁定となった。

暫くは、肩を吊った状態での仕事となった。電話応対、書類の整理、車の洗浄など、恩を返すつもりで力仕事以外は買って出てなんでもやった。孝夫のこれまでに於いてもこのような仕事振りであったのが会社側の高評価につながったのであろう。

一方で、幸枝には引き続き家計の負担を強いることとなった。


―孝夫四十七歳、幸枝四十四歳―

三年後、娘寿子が高校を卒業し、地元の銀行に就職した。娘の子離れができたことで家計は随分と楽になった。寿子も両親の頑張っている後ろ姿を見て育ったせいか、何も言われなくても自分の将来の設計をしっかり立て仕事に対しても懸命に取り組んだ。

そして、五年後の二十三歳になった時、寿子は同僚の男性と結婚した。幸枝が結婚した時と同じ年齢《とし》であった。名前の通りに家庭に幸福《しあわせ》を運んできたのである。

一方で、運良く正社員として採用されていた孝夫は五十五歳を迎えたこの年に退職した。

これで取り敢えずは二人に落ち着いた生活が訪れたと思いきや、その二年後にまたしても幸枝に不幸が襲いかかった。寿子が白血病を発症したのである。そして、五年間の入院生活の後亡くなった。唯一の頼りであった娘を亡くして、二人はまたしても不幸のどん底に突き落とされたのである。孫の顔さえ見ることができなかった。披露宴での寿子の輝いていた笑顔を思い出しては幸枝は涙した。長男優一に続いての不幸である。親にとって子どもに先立たれるというのは筆舌に尽くし難いことである。

―孝夫六十二歳、幸枝五十九歳―

寿子を亡くして以来、すっかり気落ちした幸枝の様子が傍目《はため》に見ても分かった。そんな幸枝を見て孝夫は休日には気晴らしのためにと喜劇映画やいろんな美術館・博物館さらには近くの山を散策しては慰めた。きれいな花を見つけてては

「わあ、きれい」

と素直に喜ぶ幸枝の姿に孝夫もホッとさせられた。道路の片隅、さらには家々に咲いている花々を見ては

「きれいだね～」

と孝夫に問いかけていた。それに対して孝夫は「そおぉ」と言って、ただ見渡すだけであった。いつもの夫の美に対する無感動振りに幸枝は

「つまんない人ね」

と言って野次ってきた。娘を亡くしてから半年位経った頃になって少しずつ

ショックから立ち直ってきたようであった。

暫くは、二人も落ち着いた生活に戻っていた。しかし、寿子の一周忌を終えた頃、幸枝の言動に異変が見られるようになった。もの忘れが多くなってきたのだ。毎日使っている家計簿の置き場所を忘れたり、台所では何がどこにしまってあるかをとっさに思い出せなくなっていた。これらのことは孝夫にも多少身に覚えがあることなので、大して気に留めることもなかった。しかし、時折ではあるが、流行《はや》りの歌をたどたどしく口づさみながら外の景色を眺めて長時間一点を見詰めている姿も見受けられるようになった。ただ、孝夫の問いかけに対しては別に問題なく受け答えはできていた。孝夫もどうしたものかと思いながらも暫くは静観することにした。まだ還暦を過ぎたばかりというのに衰えるには早過ぎるとも思った。

幸枝の生命保険営業の仕事は既に五年前に辞めていた。

―孝夫六十三歳、幸枝六十歳―

さらに五年経った頃になると幸枝に色んな症状が目に見えて現れてきた。馴染みのスーパーに買い物に出掛けても、帰り道をよく間違えたり、時間・曜日の観念もかなり怪しくなってきた。それでもまだ日常生活に支障を来《きた》すようなレベルではなく、幸枝自身も「もっとしっかりしなくちゃ」と言っては自分に言い聞かせていた。

孝夫の中では不安が募る一方であった。そこで、幸枝には治療の目的を告げず、取り敢えず金沢市立大学医学部の精神内科を訪ねることにした。

医師の前で幸枝を隣に座らせて現状の症状などを説明した。それが済んだ後、簡単な検査をしましょうと、数字の計算や絵の記憶などの情況をチェックして貰った。全てが終わった後、孝夫は幸枝を待たせたまま、別室で医師から検査結果の内容を聞いた。ある程度は予測していたが、アルツハイマー病の初期段階と言われた。若いのに進行も早いようだとも告げられた。孝夫にはショックであった。これまで苦労させてきた積み重ねが、この病の一因ではないかと自分でも気が気でなかった。幸枝には「心配するな何でもなかった、ちょっと疲れが出ているようだ」と説明しておいた。

　孝夫としてもこの病だけは手の施しようがないことは分かっていた。ただ、何とかして進行を遅らせる手立てはないものかと考えるしかなかった。

　やれることとして医師の指示を試してみるしかないのである。手・足・背中・顔などをさすりながら色々と話しかけたり、二人で手を取り合って踊ったり、また音楽を聴いたりした。孝夫は「どうか治ってくれ」と藁をも掴む思いで神に祈った。

　幸枝の症状は医師に言われた通り、着実に進行していた。「幸枝」という呼び掛けに対してもすぐには反応しなくなった。食事も一人では満足に食べられないので孝夫の介助が必要であった。また隣の奥さんに挨拶されても無反応、無表情の顔をした。さらに人が訪ねて来た際にも、玄関先で応対する孝夫の後ろに立って「誰？」と言った表情で相手をジッと睨み付けたりするので恐がられもした。

　二人の収入が無くなっている今、頼りはわずかな年金だけであった。二人合わせても年間二百万円に満たない。家賃それに幸枝の治療費、薬代が否応なく家計を圧迫してくる。若い時の貯えがあるといってもいつかは底をつく。食べていくのがやっとである。孝夫はこの先のことを考えると不安だらけであった。多額の貯えのある人や、子ども・兄弟などの身内の援助が受けられる人は施設を利用するのも可能であろうが、貯えも少なく身寄りもいない二人は慎ましく生きるしか道はないのである。

孝夫は幸枝が少しでも元気で長生きできるよう、医師の助言とは別に脳を刺激することが良いのではないかと色々チャレンジしてみた。手を取り合ってテレビを見たり、童謡を一緒に歌ったり、また娘寿子が使っていたピアノを一緒に叩いたりした。気分転換のため一日二回の散歩も欠かさなかった。散歩の際も花が好きな幸枝のためとわざわざ遠回りして花屋さんに寄ることもあった。しかし、何と言っても一番大変な介護は入浴である。一人で着脱衣ができないので、手取り足取りの作業である。まして孝夫自身にも左腕に不具合があるので余計に負担となっていた。幸枝の小さな背中を流すたびに衰えた身体《からだ》に涙した。

幸枝のこれまでの苦労を考えると自分がやっている介護など大したことではないと孝夫は頑張り続けた。

暫く経って、幸枝と病院を訪れた。医師は進行がかなり早く進んでいて、もう中期段階にきていると言ってきた。やはり、四十歳を過ぎてから働いたことが幸枝を追い詰めたのではなかろうかと孝夫は思った。

「このままの生活を続けていたら、ご主人さんあなた自身が倒れかねないですよ」

と医師に注意された。繰り返し施設を利用するよう薦められたが、無理だと言って断り続けた。孝夫としても、これまで私と娘寿子のためにと自分の愉しみも捨てて働いてくれた女房である。そんな彼女を簡単に他人の手に委《ゆだ》ねることが憚《はばか》られた。

この頃になると幸枝は夫孝夫を見ても誰なのか認識できなくなっていた。

―孝夫七十三歳、幸枝七十歳―

幸枝の症状が初期段階と診断されてから五年の月日が流れていた。最近は紙を棒状に丸めて、机や家具を叩き続ける所作を憶えた。「止めなさい」と注意しても聞き入れてくれない。何が面白いのだろうかと思ってしまう。トイレも時間を見計らって定期的に連れて行かねばならない。喋る言葉も「アー」とか「ウー」とか擬音が多くなってきた。これではまるで一歳の赤ん坊と同じである。

人間というものは赤ん坊としてこの世に生まれてくるが、義務を果たし終えるとまた赤ん坊に戻ってこの世から去って行くもんだなあと孝夫には思えた。

それからさらに三年の月日が流れた。孝夫も何とか頑張ってきたが、翌年に喜寿を控え幸枝の介護に限界を感じ始めていた。もしかしたら医師が言った通り自分の方が先に逝くかも知れないとさえ思えてきた。終日の介護のあと幸枝を寝かしつけてからは全身の力が抜けたような感じとなり、テーブルに腰掛けてボーとしている時間が長くなった。この時間内であっても孝夫はこれから先のことを色々と思い巡らさざるを得なかった。このままでいても幸枝の症状は悪化するばかりで、快復に向かうことはない。いつまでもこんな生活を続けていても意味がないと考えるようになった。

「こうなったら幸枝がまだ歩けるうちにいっそのこと…」

長く辛い日々が続く中、悩んでいた孝夫は終《つい》に決心した。もし幸枝が先に亡くなっても支えをなくした自分もすぐに逝ってしまうだろう。ましてや幸枝を残して自分が先に逝く訳にはいかない。どうせならどこかで一緒に天国に行くしかないと。

数日後、思い切ってこのことを涙声になりながら幸枝に話しかけた。

「幸枝、聞いてくれ。優一、寿子が住んでいる温かい西の方へ行こう」

「また、親子四人で暮らそうね」

真正面に迫った孝夫の涙顔を見て幸枝は不思議そうな表情を見せた。

—孝夫七十六歳、幸枝七十三歳—

一ヶ月後、白いポロシャツに淡いピンクのカーディガンを幸枝に着せた。すっかり白くなった少ない髪を梳《す》いた後、仕上げに口に紅を差した。最期の目一杯のおしゃれである。

「とってもきれいだよ」

孝夫の言葉に幸枝はニコッと微笑《ほほえ》んだ。いつものことであるが、脳に障がいがあっても化粧する女性は慎ましく普通の女性と変わらない仕草を見せるのである。孝夫には女性というものが不思議に思えてならなかった。

幸枝の手を取り、能登へと旅立った。紅葉の季節を間近に控えたさわやかな朝であった。そこの宿は戦前のたたずまいを残した海岸沿いの小さな温泉旅館であった。孝夫は二泊三日の予約を入れておいた。

「ようこそ、いらっしゃいました。お待ちしておりました」

と主人が大仰《おおぎょう》に迎えてくれた。

「女房が長く患っているもんで、気分転換にと伺いました。三日程お世話になります」

と事情を話した。「どうぞこちらへ」と海が迫って見える部屋に案内された。

夕食に地元で捕れた魚介類がテーブル一杯に並べられた。見たこともない馳走であった。

「わあ〜、すごいな、おいしそう。なあ、幸枝」

「……」

「それと仲居さん、夕陽がきれいに見えるような海岸が近くにありますか？」

「明日、ぶらりと散歩でもしようかと思ってるんです」

それを聞いた宿の主人は、職業柄『ひょっとしたら心中か？』という考えが頭に浮かんだ。しかし、孝夫の明るい表情と振る舞い、それに二泊三日分の宿泊代も先に払ってあるところから、そんなことはないだろうとすっかり安心しきっていた。

その夜、幸枝は慣れない旅の疲れからか早く寝入ってしまった。明日のことを考えると孝夫は中々寝付けなかった。幸枝の穏やかな横顔を見詰めていると、今までのことが走馬燈のように浮かんできて蒲団に潜り込み号泣した。

窓の外から入ってくる小さな波音が部屋中を満たしていた。

翌朝を迎えた。まばゆい朝日が部屋一杯に差し込んでいた。幸枝は既に起きていて、カーテンを開けた窓際に佇んで海の様子を眺めていた。波の音に何か感じるものでもあろうか。

「どうした幸枝、夕べはグッスリ眠れたか？」

「……」

「朝はゆっくりしてお昼になったら散歩に出掛けよう」

いつものような孝夫の言葉であったが反応はない。昼近くになったので二人は出掛けることにした。

主人に対して

「近くを散策してきます。夕陽も見てこようかと思いますので、ちょっと遅くなるかも知れません」

「今夜の食事も楽しみにしてます」

と明るい口調で孝夫は告げた。それを聞いて主人は

「お帰りをお待ちして居ります」

「お気を付けて、行ってらっしゃいませ」

と言って送り出してくれた。

歩みののろい二人は途中何度も立ち止まりながら進んだ。公園や幸枝が好きなお花畑も見て回った。園内には茶所もあったので立ち寄ってお饅頭を食した。幸枝もいつもと違う周りの様子に戸惑いながら付いてきた。孝夫にとってこんなに穏やかな時を過ごすのは久し振りのことであった。こんなことならもっと早くに来れば良かったと後悔した。

二人はやっとの思いで、案内された夕陽がきれいという岩場に着いた。下を覗くと波がザザーと激しく音を響かせていた。遠くの水平線近くには大きく真っ赤な夕陽が沈みかけようとしていた。二人は声も発せずその様子を見詰めていた。すると、突然幸枝が夕陽に向かってつぶやいた。

「きれい！」

「えっ：」

突然の幸枝の声に孝夫は声を詰まらせた。

「そっ、そうだね、きれいだね」

幸枝の問い掛けに孝夫は初めて応えた。幸枝は何かを考える風で穏やかな顔をしていた。二人はそのまま肩を寄せ合って佇み、消え去ろうとする夕陽を見詰めていた。二人の後ろには一本の長い影が落ちていた。


夕陽も落ちて、雲だけがオレンジ色に輝いていた。孝夫は小柄な幸枝を優しく抱きかかえた。すると幸枝も孝夫を見詰めた後、首筋を強く抱き返してきた。そして

「幸枝…、すまない…」

と嗚咽を漏らすと、そのまま前屈《まえかが》みになり倒れ込んだ。同時に孝夫の足裏から冷たい岩の感触が消えた。


翌日、二人の遺体が崖下の波打ち際で発見された。抱き合ったままの姿であった。

宿には便箋に綴られた一通の置き手紙が残されていた。

「みなさまへ
私と幸枝は十分に人生を
愉しませて頂きました。

辛かったこと、楽しかったこと
たくさんありました。

辛いことは二人で乗り越えました。
愉しいことは二人で分かち合いました。

今、思い返すとみんな良い
思い出となっています。

幸枝と二人で誰にも邪魔されない

今が最高の時間《とき》です。
幸枝もきっと同じだと思います。

しかし、もう二人とも疲れました。
これからは幸枝に息子と娘の四人で
静かに暮らしたいと思います。
お世話になりました。

さようなら

穴水孝夫、妻幸枝

平成十年十月△△日

また、同封のお金は少額ですが
恵まれない子ども達のために
使って下さい。」

元印刷工の職人らしく、文字が整然と並べられた文面であった。日付は心中した日の一週間前になっていた。

中には、三十万円程が入っていた。おそらく二人の全財産であったと思われる。

―孝夫七十七歳、幸枝七十四歳―

著者紹介

篠塚　昭博（しのつか　あきひろ）

1950年　佐賀県佐賀市生まれ
1969年3月　佐賀県立佐賀北高等学校卒
1975年3月　長崎大学経済学部経営学科卒
同年4月　三菱銀行入行
　東京・神奈川の支店、本店、本部勤務
2010年9月　銀行退職
埼玉県所沢市在住

短編小説集　ウェディングドレス

2018年6月20日　初版発行

著　者　篠塚　昭博

定価（本体価格1,350円＋税）

発行所　株式会社　三恵社
〒462-0056 愛知県名古屋市北区中丸町2-24-1
TEL 052 (915) 5211
FAX 052 (915) 5019
URL http://www.sankeisha.com

乱丁・落丁の場合はお取替えいたします。

ISBN978-4-86487-885-2 C0095 ¥1350E